JN015866

カイル
ヤナ

マルコム
ジェイク
ミュリエル

「私はとうとう勇者になった。全てセージのおかげだ。本当にありがとう」
「いえ、ルシィさんが頑張ったからですよ」

# Contents

—All In the Name of Enjoying this World—

# プロローグ

「うん、甘い！」

「こりゃうめぇな。ただ石で焼いただけでこんなに甘さが変わるとは思わなかったぜ」

セージとギルが感嘆の声を上げる。

二人はマーフル洞窟に近いドラルの村、その村長の家の庭で焼き芋を作って食べていた。

今日はマーフル洞窟の魔物殲滅《せんめつ》作戦の翌日の休息日。

ルシールは村長とカテ峡谷の吊《つ》り橋《ばし》やその先の薬草の群生地にある素材について話があり、騎士たちはカテ峡谷に村人を連れていく班と、明日領都に戻るための準備をする班に分かれている。

セージは、生産職のランク上げをするために持ってきていた素材もなくなり暇になったので、村長から芋を分けてもらって焼き芋作りの実験をしていたのだ。

「やっと成功しましたね。これが食べたかったんですよ」

焼き芋は意外と難しく、生焼けだったり焦がしてしまったりして失敗が続いていたのだが、石焼き芋にしてようやく成功したのである。

ドラルでは芋は野菜という位置づけであり、鉄鍋で煮たり焼いたりするのが一般的だ。

まるごと蒸した芋はおやつとして定番だが石焼き芋はなかった。

「食べたかったって、前はどこで食べたんだよ。ドラルの芋がここまで甘くなったのは最近のことだって聞いてるぜ」

「えっ？　そうなんですか？」

「今の村長が改良したらしいな。ほら、村長の家系が戦士をやってんのに村長は強そうじゃねぇだろ？　ありゃ、芋の改良って成果があったからなんだってよ」

現村長は体格に恵まれなかったため、戦士として大きな活躍はできなかったが、その代わりに農業に力を入れていたとのことだ。

「へぇー。そうだったんですね。知らなかったです」

「セージ、何をやっているんだ？」

ちょうど会議を終えて出てきたルシールが話しかける。

ギルの問いにいい答えが思い浮かばないため、セージはすぐにルシールへ向いた。

「あっルシールさん、ちょうどいいところに。ルシールさんも食べてみてください」

「おっ、いいのか？　それじゃあ遠慮なく貰《もら》おうか」

ルシールはセージから受け取った焼き芋をそのまま齧《かじ》る。

そして、目を丸くしてもう一口食べた。

「うん、これは美味《おい》しいな。領都でも流行《はや》るんじゃないか？」

「石焼き芋屋……ありですね」

真剣な表情で言うセージにジトッとした目を向ける。

「ちょっと待て。店を開くつもりじゃないだろうな。忘れてないか？　セージは研究所の所長だぞ。薬の研究をしてくれ」

　現在のセージの肩書はラングドン家の研究所長だ。

　セージが住んでいた町ケルテットから北にある町に出現した魔物の群れを討伐する時、高品質の回復薬を供給した縁で所長になったのである。

　ただ、実際に研究所で活動していたのは、一日にも満たない。同じように副所長になったハーフエルフの薬師トーリに丸投げであった。

「そうでした。ちゃんとしますよ？　まさか所長にされるとは思いませんでしたけど」

「あぁ、私もスライムに追われていた少年がこんな風に成長するとは夢にも思わなかったな」

「スライムに追われていたって懐かしいですね。考えてみると今まで大変でした。スライムの後はワイルドベアにも追われましたし」

　スライムに追われたのは五年以上前のことになる。

　その時セージは転移してきたばかりでスライムにすら太刀打《たちう》ちできなかった。

　そして、ワイルドベアにも瀕死《ひんし》にさせられていたのだが、ルシールはワイルドベアの件を知らないため首をかしげる。

「ワイルドベア？　今のセージなら余裕だろうが、いつの話だ？」

「あの時は六歳でレベルも6でしたね。それに上級魔法も知らなかったんですよ。もう死ぬかと思いました」

「おいおい、よくそれで生きてたな」

「たまたま僕を探していた冒険者の人たちに助けられたんです。本当に運がよかったですね」

「この前言っていたエルフの魔法使いのことか？」

「そうです。エルフはヤナさんといって、カイルさんって人族がリーダーのパーティーで、高品質の回復薬が欲しくて僕を探していたみたいです」

「高品質のものなんて滅多《めった》に見ることがないから当然だろう。ラングドン家としても、それが欲しくて研究所に呼んだんだからな」

「ケルテット北の町での魔物殲滅戦ですね。あれからまだ十日程度しか経《た》ってないんですよね。結構前のことのようにも感じるんですけど」

「確かにそうだな」

ルシールとしても、セージと再会してからの日々が濃密で、まだそれほど時が経っていないことが不思議に思えるほどだった。

魔物殲滅戦と聞いて、ギルが思い出したように言う。

「あの時は大変だったよなぁ。まさかキンググリザードマンが出てくるとは思ってなかったぜ」

「そうですね。僕はリザードマンに追いかけられていましたけど。マーフル洞窟の魔物を殲滅していたら子虎に追いかけられましたし……」

「ずっと追われてばかりじゃないか」

ルシールは呆《あき》れたように突っ込んだ。

「うーん。思い出してみるとそんな記憶ばかりなんですよね。普段のランク上げの時も逃げ回ってましたから」

「なにか前世で悪いことでもしたんじゃないのか？」

「いや、そんなことはしてないですよ？　いたって真面目に暮らしていましたし」

「んっ？　真面目に暮らしていた？」

セージは前世のことをつい答えてしまい、慌てて誤魔化《ごまか》す。

「あっいや、なんでもないです。とりあえず、せっかく石焼き芋ができたので、ドラルの人に提案してみましょうか。石焼き芋屋やってみませんかって」

「本当にやるのか？　まぁ、一応村長に提案しておいてもいいか」

「すぐに提案しましょう。僕は明日帰ってしまいますし」

ルシールを焚《た》き付《つ》けつつ、誤魔化せたことにホッと一息つくのであった。

# 第一章　町、領都、そして王都

ドラルの村から領都に戻ったセージは、ラングドン家への挨拶をしてすぐ孤児院がある町、ケルテットに帰った。

ケルテットでまだやることが残っていたからだ。

鍛冶師と木工師のランク上げなどセージがやっておきたいことや、セージとトーリがいなくなることで変わる店と孤児院についての対処である。

鍛冶師のランク上げはガルフの鍛冶場でまだ作ったことのなかった武器を何本も作って早々に終わらせた。

回復薬を大量に販売して得た売上金、マーフル洞窟の魔物を殲滅《せんめつ》した際の報奨金、研究所長としての給金など、セージの資産は今までにないほど増えている。

その一部を使って材料を購入し、剣や盾を作ったのだ。

次に、完成間近のまま放置していた孤児院の改築を終わらせた。

孤児院の隙間風はなくなり、風呂場や台所、新しい部屋が増築されている。

ジッロの手伝いもあってクオリティーは高く、造りもしっかりしていた。

これらによってセージは木工師と鍛冶師をマスター。

お世話になった鍛冶師のガルフには魔法付与の技術、木工師のジッロにはいくつかの魔道具の作り方とトーリの店での販売権をプレゼントした。

ついでにティアナの服もトーリの店で売ることになっている。

この三人にはセージの装備などを発注しており、また取りに来ることを約束していた。

意図せずして子虎との戦いが起こったこともあり、今から準備を始めておくべきだと考えたからである。

トーリの店に関して、トーリがラングドン家の研究所で正式に働くことが決まったため管理ができない。

そこで、孤児院から商会に就職していたローリーを無理矢理《むりやり》引き抜いて託すことにした。無理矢理とはいってもローリーの意思を聞いた上で引き抜いている。

ローリーは一生懸命働いていて商売の能力もあったが、孤児院出身のせいか待遇は周りと比べて悪いようだった。

一般的に大人扱いされる十五歳になってもそれは変わらなかったため、商会を辞めることに関して問題はなかったようだ。

商会側はローリーを手放したくはなかったようで揉《も》めそうになった。しかし、セージはラングドン家の研究所長である。

バックにラングドン家がいると知った商会はすぐに手のひらを返した。

そして、あっさりと準備が進められてローリーはトーリの店に収まったのである。

セージは研究所長になるメリットを感じていなかったが、この時初めて就任して良かったと思った。

トーリが薬屋からいなくなっても今まで通り常連客用の薬や高品質薬を店に並べるため、ラングドン家と話をつけて定期的に薬を卸している。

薬はラングドン家から卸すことになるのだが、利益の一部は孤児院に流れることになり、その名義はラングドン家だ。

ラングドン家の懐を傷めず、慈善事業の一環として扱われるためラングドン家の株が上がる。Win-Winの関係であり、その条件をもとにセージが話を進めた。

孤児院の生活水準はセージが高めており、領都に行ってしまうことで孤児院の暮らしが悪くなることを心配していたからである。

これらによってトーリの店、もといローリーの店は回復薬、服、木工品など雑多な物を扱う店になってしまったが、運営はローリーに丸投げだ。

ローリーは十五歳になって間もないが、巨人族のジッロがいて、ラングドン家が納品している店に手を出してくる不届き者もいないだろうということで心配はしていない。

そして、ケルテットでやり残していた全ての用事を済ませると、町でお世話になった人たちに別れを告げ、セージは再び領都へ旅立つ。

その頃のセージのステータスは大幅に向上していた。

セージ　Age11　Lv34　種族：人　職業：暗殺者
HP376／376　MP3872／3872
STR（力）88　DEX（器用さ）249
VIT（頑丈さ）57　AGI（敏捷性《びんしょうせい》）101
INT（知力）490　MND（精神力）363

戦闘・支援職一覧
下級職　マスター
戦士　魔法士　武闘士　狩人《かりうど》　聖職者　盗賊　祈禱士《きとう》　旅人　商人

中級職
聖騎士　ランク1　魔導士　ランク1
暗殺者　ランク22　探検家　ランク1

生産職一覧
下級職　マスター
木工師　鍛冶師　薬師　細工師　服飾師　調理師　農業師

中級職
錬金術師　ランク14　　魔道具師　ランク1
技工師　　ランク2　　賭博師　　マスター

（ステータスが上がったとはいっても、レベルとか職業補正が大きいし、相変わらず魔法使いタイプだし。もっと考えないとなぁ）

セージは強くなるために、ルシールから教えてもらったトレーニングをしているが、まだ効果はあまり見られなかった。

体作りは一朝一夕で変化が表われるものではないことと、ケルテットでは生産職のランク上げに注力していたからだ。

ただ、近接戦もできるようになりたいことや学園の試験を受けることもあり、物理攻撃面の強化を考えている。

（でも、下級職を全てマスターして暗殺者になったことは大きいな。ステルスは有用すぎる）

セージは最初の中級職に暗殺者を選んでいた。

勇者を目指すのであれば聖騎士だと考えられるが、あえて暗殺者になったのは、ランク1から覚えられる特技に『ステルス』があったことが大きい。

『ステルス』は魔物に気づかれにくくなる特技だ。ゲームではエンカウント率が下がるなどの効果だったが、この世界では視界に入るなどしなければ気づかれない。

また、戦闘中に使えば攻撃のターゲットになりにくくなるといった効果もある。

これはランク上げを優先するセージにとって有用であった。

魔物の大量発生やマーフル洞窟など特定魔物が多い場所であればいいのだが、通常は目的の魔物だけなんて、そう都合よく見つからないものだ。

そうなると、多種多様な魔物の中からランク上げに適した魔物だけを選別して倒す必要があり、非常に時間がかかる。

セージがレベル20に上げるまでに何年もの長い時間をかけたのはそのせいだ。

無駄な経験値を得ないため、自分のレベルより低い魔物も高すぎる魔物も避けて特定の魔物だけを倒すというのは簡単なことではない。

『ステルス』を使えば魔物との無駄な戦闘の回避が容易になり、ランク上げの効率が上がる。

実際、暗殺者になってからのランク上げをドラルから領都、ケルテットまでの道のりで行ってみたが、今までより格段に楽になっていた。

(もっと早く気づいていればよかった。今までもステルスがあったら楽だったのに。ソロなら暗殺者を真っ先にマスターすべきだったよな。おっ、やっと着いたか)

セージは馬車を降りて伸びをする。領都へは安全な道が続いているが、馬車を使って二日はかかる距離だ。

いくらステータスが高くなろうと、馬車での移動は精神的にも疲れるのだ。

気晴らしに領都でいろいろと見て回りたい気持ちを抑えて、まっすぐラングドン家に向かった。

それでも向かう道すがら、店を覗《のぞ》きながらではある。

ラングドン家の門には警備の兵士が立っているが、すでにセージは顔パスで通れる存在だ。

挨拶をしながら門を通り抜けると、庭を挟んで正面の奥にラングドン家の館が建っていた。城などの類いのものではないが豪邸である。

長辺が三十メートル程度あり、石造りでガラス製の窓もある立派な館だ。

館に向かって右側には研究所と寮、その奥に使用人用の建物、左側には騎士団の会議室や訓練場、厩舎《きゅうしゃ》がある。

正面には綺麗《きれい》に整えられた庭があり、さすが貴族だとセージは思っていた。

領主のノーマン・ラングドン、そして研究所の人たちに挨拶をする。挨拶といっても帰ってきたことを知らせるだけである。

ノーマンにはドラルから戻った時に報告しており、研究所の全てはトーリに任せると伝えて丸投げだからだ。

大して伝えることは多くない。研究員からいくつか質問が出たくらいである。

あと数か月したら王都で試験を受けて、来年には学園に通うことになっているので、ラングドン家にいる時間はあまりない。

中途半端に研究所長として仕事をするのもどうかと思っていた。

見た目が子供ということもあり、ラングドン家の人たちには本当にセージが所長なのかと疑っている人もいるくらいだ。

必要な挨拶が終わり、次に騎士団の方に向かって庭を横切って歩く。

(よし。これで後はこの辺の魔物を調べて、できればランクとレベルを上げて、中級職のマスターに向けて進めないと。あと騎士団の訓練に参加して、学園行きに備えて……結構やることが多いなぁ。んっ、あれは、魔法騎士団長？)

前からセージの方に向かって人が歩いてきていた。

以前、ケルテットの北の町で会議に出た時、ルシールを除いて唯一の女性だった魔法騎士団長のレベッカだ。

女性一人だと大変だろうなと他人事《ひとごと》のように考えていたので覚えていた。

(研究所長と魔法騎士団長、どっちの方が偉いんだろう。一緒だっけ？　まぁここは年長者を立てておこう)

道を開けて軽く礼をして通り過ぎるのを待つ。しかし、レベッカはセージの前で立ち止まった。

「君がセージだな。私は魔法騎士団長のレベッカだ」

「研究所長のセージと申します。よろしくお願いいたします」

レベッカは険しい表情のまま「よろしく」と言う。

(何だか友好的じゃないな。なんだ？　目が合うのは喧嘩《けんか》の合図とかそういうやつか？　喧嘩なら買わないぞ)

「何かご用ですか？」

セージは訝《いぶか》しげに思いながらもレベッカに質問するのであった。

＊　＊　＊　＊　＊

〜Side　レベッカ〜

レベッカはラングドン領にある大きな商家の生まれだった。

ナイジェール領にある塩の流通に加えて、獣族、エルフ族ともわずかに取引があり、王都でも有名な商会である。

その第二夫人の三女という特に何かを期待されることがない立場で、何不自由なく過ごしてきた。

第一夫人は王都で暮らしていたが、レベッカは第二夫人の意向もありラングドン領で育てられた。

そんなレベッカは幼少の頃、王都に行く途中で見た魔法使いに憧れて、魔法について教育を受け、王都の第二学園に入学。

親としては第二学園で将来有望な男と仲良くなってほしいと思ってのことだった。

グレンガルム王国では、一部例外はあるが、一般的に女性が他家へ嫁ぐことが多い。

第二学園に入る者は良家の子供ばかりなので、結婚しても苦労せずに済むだろうとの考えである。

ただ、レベッカとしては立派な魔法使いになることを目指していただけだった。

入学してまず他の子供の能力の高さに驚くことになる。

レベッカは自分が魔法使いとして才能があると思っていたので、自分より優秀な子供がいると考えていなかったのだ。

首席で卒業して王国魔法騎士団に入ることを思い描いていたのである。

実際、ラングドン領に住んでいた時は一部の冒険者を除くと、大人も含めてレベッカの周囲にいる者の中ではトップレベルの能力であった。

それはラングドン領が騎士を重用する領なので、優秀な魔法使いはあまり住まないからだ。

しかし、様々な所から入学してくる第二学園では異なる。レベッカはトップどころか上位層ですらない。

トップグループの多くがラングドン領から北東、グレンガルム王国の東端にあるミストリープ領出身の者であった。

ミストリープ領は代々女性が領主を務めるというグレンガルム王国では珍しい領で、ミストリープ魔法騎士団の実力は王国魔法騎士団を凌駕《りょうが》するとまで言われている。

トップ層の下には王国魔法騎士団や他領の騎士団、王都の大商人の子供たちが続く。

そして、レベッカは下位層の中であった。さらに、そこでさえ優秀とは言えなかった。

下位層のほとんどがお金やコネだけで入った者だったが、常識として魔法の知識は持っている。

レベッカは魔法の扱いには長《た》けていたが、圧倒的に知識が足りていなかった。

それも当然である。親としては、結婚相手を見つけることを想定して学園に送り出したのだ。

今までが井《い》の中《なか》の蛙《かわず》であったことを知ったレベッカは一週間落ち込み、そして猛勉強、猛特訓を始めた。

その姿は鬼気迫るようであったという。

クラスの中では浮いていたが、そんなことは気にせず魔法の鍛錬に集中し続ける日々。

そんなレベッカの姿に好感を持った一部の教官や学園生とは交流があり、学園生活に支障はなかった。

そして、学園史上類を見ないほど急激に成績を上げる。

しかし、トップを目指したものの、流石《さすが》に時間が足りなかった。

当然、周りの者、特に上位層はしっかり魔法の勉強や訓練に取り組むからだ。そう簡単に差は縮まらない。

三年間ではトップに上り詰めることはできず、優秀な魔法使いと言われている上位に追いつきそうなところで卒業の時期がやってきた。

第一学園の者や第二学園の上位層は王国騎士団のエリートとして採用されていく。

レベッカは王国魔法騎士団には入らなかった。

入ろうと思えば入れただろう。しかし、それは普通の騎士としてであり、エリートではない。

魔法騎士団に入ることを目的に学園に入ったが、同じ学年の上位層のやつらの下につくなんてごめんだと思い止《とど》めたのである。

コネはなかったが実力はあったため、王都の西にあるヘンゼンムート領の魔法騎士団に入ることができた。

ヘンゼンムート魔法騎士団は王国では中堅どころである。

レベッカはそこでも猛特訓を続け、五年後には若くして第二魔法騎士団の副団長に選ばれた。

これは、他に類を見ないほどのことである。

しかし、副団長になってわずか三か月後、領主の娘である団長と揉めてクビになった。

これも、類を見ないこと、魔法騎士団最短といえる副団長の任期だ。

領の魔法騎士団をクビになってしまうと他の領で雇われることは難しい。

その後は仕方なく冒険者をしたり、一時的な家庭教師になったりしながら、各地を転々として魔法の腕を磨いていった。

クビになってから七年の月日が経《た》ち、ラングドン領で魔法騎士団設立の話が発表される。

冒険者の雰囲気に馴染《なじ》めていなかったレベッカはすぐに入団を決めた。

そして、入団希望者の中では圧倒的な実力があったため、そのまま団長に選ばれることになる。

ただ、団長としての仕事は簡単なものではなかった。

魔法騎士団としての決まり事も訓練内容も何も決まっていないゼロからのスタートだったからだ。

ヘンゼンムート魔法騎士団での経験があるとはいえ、それをそのままラングドン魔法騎士団に当てはめても上手《うま》くいくとは思えない。

魔法騎士団の団員も剣術の方が得意だったりするような者が多数いたからだ。

実は人が集まらなくて、第三騎士団から転籍した者もいたのである。

そして、ヘンゼンムート領の魔法騎士団の時とは比べものにならないほど資料も知識もない。

ただ、団長になったからには魔法騎士団として最強と言われるようにしてやると意気込んだ。

まずはラングドン騎士団に混ざり、この騎士団のルールや訓練内容を学ぶところから始まった。

戦闘の時には連携を取ることになるので、交流するという目的もある。

それに、学園での訓練や冒険者としての実戦経験があるレベッカでも、近接戦闘は得意とまでは言えない。対人戦闘や剣術について教わることは多かった。

レベッカにとってその部分は良かったのだが、戦士のような者たちを優秀な魔法使いにするための日々は、壁にぶつかることを何度も味わった。

それでも、自ら資料を作り、魔法訓練のメニューを考案し、魔法騎士団を形にしていく。

そして、二年かけて何とか魔法騎士団と名乗れる程度の実力になってきていた。

他の領と比べればまだまだ弱小ではあるが、その辺の冒険者にはそうそう負けないぐらいにはなっている。

そこまで育ったとしても、やはり魔法騎士団はラングドン領では軽く見られがちであった。

魔法騎士団に対するイメージを払拭することも必要だと感じたレベッカは、その足掛かりとしてケルテットの北の町での魔物殲滅作戦に魔法騎士団を投入することを訴えた。

ちょうど魔法騎士団が中心の戦いとなる可能性を秘めた見せ場だったのである。

そんな時に現れたのがセージという異分子のような存在だ。

レベッカはセージの戦果がどうしても信じられなかった。

十一歳の子供が魔法を使いこなすなんて、通常できることではない。

たとえ呪文を知っていたとしても魔法の理解と発音ができていなければ発動しないのだ。

学園の上位層であれば十一歳でも中級魔法を使うことはできるだろうが、どれだけ優秀でもレベル20程度ではＭＰが足りなくて二十発も発動できないだろう。

さらに修飾魔法詞 magnus を使うとさらに必要なＭＰが増える。

セージはレベル20の武闘士でＭＰが千を超えているという話も、そんなはずはないと声を荒らげたいほどだ。

ラングドン領の者は魔法に疎いため、それがどれほどありえないことかわかっていなかったが、レベッカは何を馬鹿なことを、と思っていた。

ラングドン領どころか王国の誰に聞いてもありえないというステータスである。

種族の補正でＭＰが高くなるエルフ族の中でも、特に優秀な者ならばありえるかもしれない、というほどセージのＭＰの高さは異常だったのだ。

それにセージが回復薬を飲みながら走り回って魔物を倒し続けたという話もおかしいと思っていた。

レベッカが冒険者の時、魔物大量発生に巻き込まれて途中でMP切れになったことがある。

持っていたMP回復薬（高）は使いきっていて、MP回復薬の低品質か普通品質しかなかった。回復量が少なく、数発魔法を放つとＭＰがなくなるため、無理矢理流し込んで嘔吐《おうと》しながらも戦った。

そんな経験をしてきたからこそ異常さがわかるのだ。

ＭＰが多くても子供が回復薬を飲みながら走って魔物を倒し続けるなんてできるはずがない。

さらに薬師としてもそうだ。高品質の回復薬なんてものはハイエルフの薬などと呼ばれている物であり、そう簡単に手に入らない。

ＭＰ回復薬（高）の高品質など見たこともない代物である。

だが、レベッカ以外の騎士団にいる者はずっと騎士をやってきた者ばかりで、セージの異常さをよくわかっていない様子だった。

ラングドン家は二年前に代替わりしたばかりで、ノーマンが魔法騎士団や研究所を創立したのだ。

ノーマンはある程度わかってはいるが、騎士たちはその成果が出ているのだと思っているだけである。

周囲ではノーマンの評価が上がっているだけで、この異常さに気付いているのはレベッカくらいだった。

そして、レベッカは回復薬をセージではなくトーリが作ったのであって、セージは手柄を横取りしたのだと思っている。

そのこともレベッカを苛立《いらだ》たせる一因だ。

何にせよ、普通に考えて子供が格上の魔物を二百六十体も倒せるはずがないのである。

さらにボスまで倒したなんて信じられるわけがなかった。

「君はこの間の戦いで二百六十体の魔物とボスを倒したそうだな」

セージはいきなり何だろうと思いながら、素直に「はい」と答える。

「武闘士でレベル25なのにＭＰが千を超えていると聞いたが」

「そうでしたね。今はレベルが上がって職業も変わりました」

「ほう、そうか。教えてもらってもいいかな？」

「レベル34で職業が暗殺者です」

さらりと答えるセージにレベッカは驚いた。

（十一歳で中級職？　しかも暗殺者？　盗賊と武闘士をマスターしたら暗殺者になれるが、なぜ魔導士ではなく暗殺者を目指す？）

セージは険しい顔で黙っているレベッカに対して言い訳をする。

「悪事を働くためではないですよ。暗殺者にはステルスという特技があってですね。魔物から見つかりにくくなるので便利なんですよ」

（ステルスは知っているが、そんな特技必要なのか？　ビッグタートルを根絶やしにしたやつが何を怖がっているんだ。やはり、あれは虚偽だな。ランクとレベルは金で買ったか）

ギルドにはランクやレベルを上げる依頼がよくある。

主に中堅冒険者が稼ぐ仕事の一つであり、レベル上げだけであれば依頼者をパーティーに入れ、安全かつ経験値の高い魔物を狩るだけでいいので、人気の仕事であった。

レベルに見合った報酬になるため、高レベルになるほど依頼料は高くなる上に、レベルよりランク上げの方が遥《はる》かに高い。

ランク上げとなると、止めの一撃を依頼者にさせる必要があるからだ。

セージも冒険者ギルドに頼めないかと考えた時はあったが、その時のセージにとっては依頼料が高すぎて手が出なかった。

（まったく。いくら魔法に疎いとはいえ、こんな子供に騙《だま》されるなんて）

ヘンゼンムート魔法騎士団にいた時、団長に取り入って実力もないのに分隊長などに昇格するような者がいて、レベッカはそういう者を嫌っていた。

（まぁいい。何にせよ、実際に魔法を見ればわかることだ）

「今から時間は空いているか？」

ますます鋭くなる眼《め》に戸惑いながら、セージは「はい」と答える。

形は質問だが、断れる雰囲気ではなかった。

「そうか。では訓練場に行こう」

そう言ってレベッカは踵《きびす》を返す。

ラングドン家には広大な訓練場があった。訓練場とはいってもただの広場のようなもので何かあるというわけではない。隣には厩舎があり、騎乗訓練ができる。

訓練場では第二騎士団が模擬戦をしていた。セージは走り寄って挨拶すると、後で参加させてくださいとお願いする。

騎士団とはギルとの訓練の時やビッグタートル狩りの時に面識があった。

特に第二騎士団は遊撃部隊だったため、戦いの中でよく見かけていたのだ。

第二騎士団からしても、厄介なビッグタートルを次々と倒していくセージはありがたい存在であった。

しかも子供で研究所長という肩書があり、騎士団の中でも話題になっている。

（節操のない。魔法使いなら魔法知識を学んだり、魔法言語の訓練をしたりすべきだ。そもそもこいつは薬師が本職だろ。まったく、なぜこんな者が研究所長なんぞに）

心中穏やかではないレベッカのところへセージが走って戻ってくる。

「お待たせしました。ところで、ここで何をするんですか？」

「魔法を見せてもらう。まず、君が使える中で最も強い魔法を見せてくれ」

「最も強い魔法、ですか」

そう呟《つぶや》いてセージは悩んだ。というのもセージの最大魔法は grandis 魔法詞を用いた上級魔法である。

grandis 魔法詞のことはまだ秘密にしている上に、上級魔法では使ったことがなかった。

それに、威力だけでなく効果範囲なども考えると、何をもって強いと判断するか迷ったのである。

セージが戸惑っていると、レベッカは本当の実力がバレるのを恐れて躊躇《ためら》っていると考えた。

「自分の中で最強の魔法くらいわかっているだろう。まぁいい。まず、私から見せよう」

レベッカの最強魔法、それは火系統の特級魔法だ。レベッカは第二学園で個人的に師匠と敬っていたネイオミという教官から特級魔法を教わっていた。

特級魔法は上級魔法を大きく超える威力を持つ。

所縁《ゆかり》のないヘンゼンムート魔法騎士団に入団できたのは、これを習得していたということも大きな理由である。

レベッカはセージに呪文が聞こえないよう少し離れた。

「Cupio ad maguna salamandra gion rex id ignis, ferum ignis selsus columna radir ante hostium」

上級魔法より遥かに長い呪文を唱え、最後の一節を囁《ささや》く。

「インフェルノ」

その言葉と同時に目標物として置いてあった木の杭《くい》を中心に大樹のように炎の柱が立ち上り、熱波がセージとレベッカにまで届く。

わずか五秒程度のことであるが、それでも圧倒的な迫力があった。

長い呪文を唱える必要があるため、発動まで時間がかかる上にＭＰの消費が多い。

それに、上級魔法まででは使わなかった言葉も多く、発音が難しくなる。

レベッカもまだ完璧ではなく、近接戦闘中に唱えることは失敗の可能性があるためできない。

しかし、パーティーを組んで仲間に守ってもらいながら戦う場合ではこの魔法が活躍する。

この間の戦いのボス戦ではレベッカの魔法によって予想よりも早くボスを倒すことができたのだ。

(これで違いがわかったか)

セージの方を振り向くと、年相応といえるような輝いた眼差《まなざ》しを向けられていた。

想像していたのとは違うセージの表情にレベッカは戸惑う。

「今のはインフェルノですよね？　初めて見ました！　いやぁ、あんな感じなんですね。やっぱり生で見ると迫力が違います。上級魔法の中にいくつか魔法がないなと思っていたんですが、やっぱりあったんですね。じゃあメテオとかタイダルウェーブもあるんですか？」

（な、なんだこの反応は。タイダルウェーブは知っているが、メテオってなんだ？　それに、なぜインフェルノを知っている？）

「なぜこの魔法がインフェルノだとわかった？　聞こえないように離れたはずだが」

その言葉にセージは「えっ？」っと言って固まった。

「どこで聞いた？　特級魔法は秘匿されていて使い手も少ないはずだが。それに、メテオとやらも特級魔法の一つか？」

「あー、そうですね。優秀な魔法使いと知り合いでして。その人から聞いたのかもしれません。あっ、次は僕が魔法を見せる番ですね。それでは」

セージはそう言ってそそくさと離れる。

（何を隠している？　優秀な魔法使いとは誰のことだ？　十一歳の子供の知り合い？）

レベッカはセージの方を見ながら考えていたが、魔法が発動した瞬間そちらに目を奪われた。

それはセージが離れて数瞬。呪文を唱えた時間はわずかだ。それなのに突如として目の前が火の海に変わった。

幅二十メートル以上の大地が燃え盛り、さらにその勢いを増す。

その光景を見ながらレベッカは呆然《ぼうぜん》と思う。

（なんだこの魔法は……上級火魔法のフレイムにしては規模が大きすぎる。magnus 魔法詞を使っても無理だ。まさか、特級魔法か？　いや、そんなはずはない。特級火魔法はインフェルノだ。そ

れに特級魔法にしては発動が速すぎる。それどころか、私が上級魔法を発動するよりも速い）

セージはその魔法を誇るわけでもなく、先ほどと同じ表情でレベッカのもとに戻ってきた。

「これが僕の最大魔法です。やはり特級魔法には劣りますね。さすが魔法騎士団長です。特級魔法を学びたいと常々思っているのですが機会がないんですよね」

ペラペラとしゃべるセージの言葉を聞いている余裕はレベッカにはなかった。

「あの魔法は何だ？　特級魔法ではないのか？」

「あれは上級火魔法フレイムです。修飾魔法詞を使っていますが」

「修飾魔法詞 magnus であれだけの威力は……そうか。五年ほど前、魔法使いギルドに magnus よりさらに強力な修飾魔法詞の報告があったな。詳細は秘匿されていたが、それを教えてもらったのか？」

「まぁそんなところでしょうか。ええと、じゃあ、訓練に行きますね」

セージは慌てて誤魔化《ごまか》しながら、訓練に行こうとする。

「ちょっと待て。最後に一つ聞かせてくれ。あの上級魔法を何発放てる？」

「えっと、今なら四十八発ですけど」

「……そうか。参考になった。時間を取らせてすまなかったな」

「いえ、僕も特級魔法が見られてよかったです。ありがとうございました。それでは」

レベッカは特級魔法を三十発以上は放つことができるが発動が遅い。実戦でどちらが役に立つかは明白であった。

それに、強力な修飾魔法詞がどれほどＭＰを消費するかわからなかったが、少なくともレベッカがレベル30の時、普通の上級魔法でさえ四十発も放つことはできなかった。

そもそも十一歳で上級魔法を自在に発動することなんてできるわけがない。

嫌でもセージが自分以上の能力を持っているとわかってしまう。

（そうか、私はまた慢心していたというのか。ここに来てから私より実力のある者に会ってなかったしな。これじゃ子供の頃と変わらない）

去っていくセージの後ろ姿を見ながら思った。

悔しい気持ちもある。ただ、それを自覚することですっきりとする部分もあった。

（報告を認めずに十一歳の子供だからといって侮るとは、精進が足りない。そういえばセージは王都の学園に行くという話だったか。あの腕なら確実に魔法科のトップを取れるだろう。もしかしたら王国魔法騎士団に入ってラングドン家に戻ってくることはないかもしれないな。ネイオミ教官に連絡を取ってみるか）

そう考えながらレベッカはいつの間にか集まって遠くから見ていた魔法騎士団員の方に向かう。

（よし。今日は基礎訓練からみっちり行うか。私はまだまだ強くなる。強くなってみせる）

レベッカは気持ちを新たにして訓練を開始するのであった。

ちなみに、レベッカが第三学園に魔法科がないことを知るのはまだ先のことである。

＊　＊　＊　＊　＊

王都にある第三学園の入学試験は十一月と五月。試験日に十二歳であれば受験でき、十一月に合格すれば四月に、五月に合格すれば十月に入学だ。

今は七月なので、入学試験まで三か月以上の空白がある。

ということで、一応所長ということもあり研究所で仕事に取りかかっていた。

ただ、仕事というよりランク上げ作業の一環である。貴族のコネで中級の錬金術書と魔道具書が手に入ったこと、そして資金が潤沢にあることでランク上げが捗《はかど》るのだ。

できたものは全てラングドン家のものになるのだが、ランクさえ上がればいいセージにとっては全く問題ない。

毎日新しい物に挑戦し、ランクが上がれば違う物を作り、そんなことをしていても怒られず、素材は自由に買える。

さらに、明かりも使えるので夜も作業に困ることがない。

しかも、そんな生活をしながら月給金貨一枚が支払われるのだ。

ランク上げが趣味のセージにとっては、問題ないというより、むしろ最高の環境と言える。

生産職に注力した甲斐《かい》もあって錬金術師をマスターし、魔道具師のランク上げにシフトしていた。

ただ、魔道具師のランクをすぐに上げることはできなかった。なぜなら中級魔道具師の本はこの世界の言語で記されているもので、そこまで特別なものではないからだ。

魔道具の作り方は知られている物が少なく、中級魔道具師の本にも書いてあることは少ない。

結局、基本的な作り方を本で学び、自分の知識を用いて実践していくしかなかった。とはいっても、素材が豊富なため今までより格段に楽ではある。

そんなこともあり、当主のノーマン・ラングドンは毎日のように届けられる魔法薬や魔道具が役に立つのか、どれくらい必要か、費用はいくらかかるのか、など考えることが山積みになって忙しい日々を過ごしていた。

最近は騎士団を見に行く時間がなくなったくらいだ。しかし、生産される物は確実にラングドン家にとってプラスに働いている。

代替わりしたばかりで改革しようとしているノーマンにとってはありがたいことで、止めることもできない。仕方なく毎日デスクワークに励んでいた。

たまにセージが戦闘・支援職のランク上げに行くため留守にする時、実はホッとしているくらいである。

研究所の所員も次々と来る生産依頼に追いついておらず、多忙を極めていた。

そして、研究所というより生産工場になりつつある。

ただ、そんな状況だからこそ、所員のランクはぐんぐんと上がっていて士気は高い。

セージはそんな研究の傍ら、入学試験のために合間をみて騎士団の訓練に参加していた。

そのおかげもあって、ＳＴＲやＶＩＴなどが今までにないくらい上昇している。

というのも、セージは前世も含めて本格的に体を鍛えた経験がなかった上に、実戦ではステータス上昇薬やバフに頼っていたためである。

最初の一か月は基礎訓練についていくこともできず、途中お茶休憩を挟みながら参加するほどだった。

それでも、騎士団員に見てもらいながら、自主練習も毎日欠かさず続け、セージ自身が驚くほど成長した。

剣術も最初は隙だらけであったが、今は一番下っ端の見習い兵士となら互格に打ち合える程度にはなっている。

レベルはセージの方が高くても物理攻撃に必要なステータスは低く、さらに体格に差があるため負け越していたが。

また、日常訓練だけでなく、魔物の討伐作戦にも加わることもあった。

たまにセージのレベルに適した魔物が討伐対象になるのだ。

そして、訓練を始めてから一か月ほど経った時、ちょうどいい魔物が相手の討伐作戦があると聞いて参加を希望した。

「それではよろしくお願いします！」

「おう！　俺たちもセージには期待してるぜ」

セージの挨拶にそう返したのはラングドン家の騎士トニーである。

以前、マーフル洞窟の魔物殲滅作戦に参加した騎士であり、普段の訓練の中でも話をすることが多い。

その他にも、同じく殲滅作戦に参加したウォルトと、まだ兵士であるハンフリーとジャックの二人も参加する。

基本的にラングドン領では兵士から始まり、ノーマンに認められる実力をつけたら騎士として認められる。

領民からするとあまり区別はついていないが、騎士と兵士では実力も待遇も明確な差があった。

そして、五人目にセージが加わり、このパーティーで今日から七日間にわたって討伐作戦を行うのである。

「カルパティア森林の定期討伐には参加するんだな」

目的地に向かって歩きながら、トニーがセージに言った。

カルパティア森林とはラングドン領西、ウラル山脈の麓に広がる森の北部を指す。そこに定期討伐が行われる地域があった。

定期討伐とは魔物が人の生活圏を脅かさないようにするため、魔物やボスが発生しやすい場所で定期的に行われる討伐作戦のことだ。

ケルテット北に現れたボスのように、今まで出現していなかった場所に現れることもあるが、一般的には同じ場所に同じ種類のボスが発生する。

ただ、騎士団の人数では領内全ての場所を見て回ることはできない。

なので、冒険者に人気の場所や緊急性の低い場合などは冒険者ギルドに任せており、基本的には人気のない場所での作戦となる。

今回のカルパティア森林も全く人気がない場所だった。

「カルパティア森林には行ってみたかったんですよね」

「俺は何度か行ってるけど、ほんとに何もないところだぞ。そこでしか取れないような素材もないし」

「出現する魔物や採取できる植物については聞いていますから。でも、意外と珍しい素材が見つかるかもしれませんよ」

「……実際はランク上げをするだけなんだろ？」

トニーはカテ峡谷でランク上げに熱中していたセージを見ており、セージの目論見《もくろみ》を見抜いていた。

「人聞きの悪いことを言わないでくださいよ。ちゃんと素材の探索もしますからね。ランク上げは手伝ってほしいですけど」

（まっ、正直ランク上げがメインだし）

にっこりと笑うセージにトニーが呆《あき》れた目を向ける。

実際、セージが今回ついていきたいと希望したのはランク上げに適した魔物がいたからだ。

（いやー、ほんとちょうどよかったな。まさかサーベルウルフとマッスルコングがいる場所があるなんて運がいい。大量発生ってわけじゃないけど、戦闘職のランク上げはあんまりできてなかったからな。よかったよかった）

カルパティア森林が人気がない理由の一つは、魔物が強いわりに得られる経験値が低いことである。だが、セージにとってはむしろ求めている魔物だ。

（意外とランク上げの穴場があるのかも。王都に行ったら調べてみようかな。まぁ、一人だと近くに町がないと無理だけど）

人気がない理由は近くに町がないことも大きい。人気がない場所だからこそ町ができないともいえる。

町がない場合は野営をする必要があるため、見張りをする要員が必要だ。

ソロ冒険者では無理があった。

（しかし、許可がすぐに下りるんだよな。表向きは新たな素材の探索って言ってるけど、ランク上げが目的ってバレてるだろうし。なんで止められないんだろ。研究所長なのにこんなに自由でいいのかな？）

ラングドン家研究所の所属なので勝手に出かけるわけにはいかない。

しかも所長の上司はノーマン以外にいないため、いつも直接許可を貰《もら》いに行っているのだ。

ただ、騎士団での訓練や魔物討伐作戦への参加など、許可が下りなかったことがない。

実際のところノーマンはデスクワークで疲弊しており、むしろもう少し研究のスピードを遅らせてほしいと思っていた。

ただ、口には出さないのでセージは知らないことである。

「さて、この辺りで野営の準備をするぞ」

領都から一日半かけて辿《たど》り着《つ》いた場所は、主要道から少し離れた場所にある森の前の平原であった。

（本当に何もないな。設備なしのキャンプ場みたい。近くの町まで四、五時間かかるし人気がないのも頷《うなず》ける）

野営の準備は騎士たちが手際よく進める。セージは料理担当になっていた。

調理師をマスターしているので、能力を上げる料理も作ることができるからだ。

定期的に討伐に来ているだけあって数か所に竈《かまど》の残骸があり、それを復元して適当に能力が上がる料理を作る。

「皆さん、できましたよー！」

セージが声をかけると、ぞろぞろと騎士たちが集まってきた。

「今回も旨《うま》そうだな」

「簡単な料理ですけどね」

「簡単で旨けりゃ最高じゃねぇか」

「これでステータスも上がるっていうんだからすげぇよ」

この旅では町で食事をとっていたが、一日目の昼だけはセージが料理を作っており、その腕前は全員が知っている。

特にマーフル洞窟で共に戦ったトニーとウォルトはよくわかっていた。

（焼いた肉と適当なスープとパンだけで褒められるとか。一応味付けはちゃんとしてるけど。逆にもう少し手の込んだ料理を作った方がいいのかな）

遠征で野営をする際、騎士団の料理の味付けは塩のみであることが多い。

しかし、セージは塩だけでなくハーブ系やベアハニーと呼ばれる蜂蜜のようなものも使っている。

そのため、味のバリエーションも多く、騎士たちには評判が良かった。

「よし、軽く戦闘しに行くか」

この日はすでに昼を過ぎているが、野営であれば拠点が近いため日暮れまでは時間に余裕があった。

「いいですね！　早く行きましょう！」

爛々《らんらん》と目を輝かせるセージにトニーは苦笑する。

「明日から本格的に動くための様子見と戦闘時の連携の確認が基本だからな」

「わかってますよ。ところで魔寄せの香水はいくつ用意しましょうか？」

その言葉に兵士たちが驚いてセージを見る。

そんな中で、トニーはセージの顔を見て、呆れたようにため息をついた。

「冗談ですよ？」

「セージが言うと冗談に聞こえないんだよ。くれぐれも無茶《むちゃ》するなよ」

マーフル洞窟の時のメンバーの中でトニーは若手であったが、今回のパーティーメンバーの中では最年長で、リーダーの役割をしている。

セージがいると心強い反面、何か無茶をするんじゃないかとヒヤヒヤすることも多い。

「本当にわかっていますから」

(流石に初《しょ》っ端《ぱな》からはしないよ。まぁ明日からは使ってもいいかなと思ってるけど)

そんなことを考えつつ、戦闘準備を整えて森へ向かう。

カルパティア森林は木が密集していないため、木漏れ日で意外と明るい。

(思ったより戦いやすそうだな)

鬱蒼《うっそう》とした森だと剣を振り回せなかったり連携が取りにくかったりするのだが、カルパティア森林では戦うのに支障はなさそうだった。

「出てきたな。マッスルコング三体か」

「ウィンドブラスト!」

セージは射程に入った瞬間に上級風魔法を放つ。吹きすさぶ暴風にマッスルコングの足が止まった。

「相変わらず強烈だな。俺らは守りに専念するぞ。攻撃を受けるなよ」

マッスルコングはレベルにしては俊敏で、通常なら厄介な魔物である。

トニーとウォルトはレベル50の聖騎士。マッスルコングは格下といえる相手だが、二人の兵士、ジャックとハンフリーはまだレベル40の聖騎士だ。レベル的には十分だが、攻撃を捌《さば》くのには技術が必要である。

相手の動きを読んで躱《かわ》しながら攻撃する訓練にはちょうどよかった。

魔物の注意を引く特技『ハウリング』を用いて、それぞれが対応する。

「ハンフリー! 周りをよく見ろ! 視野を広く持て! ジャック! 相手の動きの一歩先を読む

んだ！」

トニーがセージを守る位置に立ちながらアドバイスを送った。

ウォルトはジャックとハンフリーが一対一で戦えるようにするために、一体を引き受けている。

その間にセージが呪文を唱え、トニーに合図を出した。

「引け！」

その声から一拍おいて「フレイム！」と大声を出す。

広範囲におよぶ魔法は仲間を巻き込む可能性があるため注意しなければならない。

トニーに合図を出したのも、大きな声で発動しているのも、魔法の発動を仲間に知らせるためだ。

マッスルコングたちは魔法を受けてＨＰが０になり、蜘蛛《くも》の子を散らすように逃げていった。

(上級魔法なら二発で倒せるな。範囲も広いから外すことはないし、騎士たちに守られているし、余裕すぎる)

「魔法二発か。すげぇもんだな」

「上級魔法は教えてもらっていますからね。特級魔法なら一撃でいけそうなんですけど」

「さすがにセージでも特級魔法は知らないのか」

「ラングドン家で特級魔法が使えるのは魔法騎士団長しかいないくらいですからね。特級魔法について書かれた本でもあるといいんですけど」

「それは聞いたことがないな。まっ、探してりゃいつか見つかるかもしれんし、俺も知り合いに聞いてみるぜ」

「ありがとうございます」

「おっ、また見つけたようだ。セージ、いけるか？」

セージたちから魔物の姿は見えないが、先行しているウォルトたちの合図でわかった。

セージはピシッと敬礼をして答えながら、すでに呪文を唱えている。

次に現れたのはサーベルウルフ三体とワイルドベア一体だ。

（おぉ！　ワイルドベア！　久しぶり！）

セージは幼いころ、ワイルドベアと戦って死にかけたことがあり、その時はカイル、ヤナ、マルコムという冒険者に助けられた。

ただ、今のセージにとってワイルドベアは格下とも言えるような存在である。

「ウィンドブラスト！」

開戦となる魔法を放つと、すぐさま新たな魔法を唱え始める。

騎士たちは軽い攻撃を当てるだけで、倒すような一撃は出さない。

セージのランク上げと自身の訓練のためである。

「フレイム！」

先ほどと同じように放たれる魔法は魔物たちに当たり撃退する。

（あぁー楽だ。やっぱり一人でランク上げなんてするもんじゃなかったなぁ）

セージはレベル20まで一人で上げたが、非常に長い時間をかけた。今ではその数十倍の速度でランクが上がっている。

「もう少し先に進むぞ。セージ、大丈夫だな？」

今回は定期討伐なので魔物が大量にいるとは限らない。広範囲を移動しながら討伐していくことになる。

「はい。お願いします」

「よし、ハンフリー、ジャック、左右の前方を索敵、ウォルトは後方を頼む」

「了解！」

こうして順調に進み、夕方になるまでみっちりと戦闘を続けた。

「本当にありがとうございました！　ランクが順調に上がって最高です！」

森を出て野営場所に戻るとセージが言う。

ランク上げ目的を隠そうともしないその言葉にトニーが笑いながら答えた。

「相変わらずだな。まっ俺らとしても訓練ができたし、被害が少なくてよかったぜ。この調子なら回復薬が節約できそうだ」

魔物が格下ということもあるが、攻撃を避《よ》けることがメインでダメージはほとんどない。

今日は時間が短かったこともあり、回復薬は一度も使っていなかった。

「それにメシは旨いしな！」

「お前はそればっかりだな」

ハンフリーの言葉にジャックが突っ込みを入れる。しかし、ハンフリーは全く気にしていない。

最初は緊張していた兵士の二人だったが、今ではセージとも打ち解けている。

「おいおい、ジャックも気に入ってんだろ？　素直になれよ！」

「うるせぇ！」

「はっはっは！　セージ、晩メシ期待してるぜ！」

「はい！　頑張ります！」

元気良く返事をしたセージは、すぐに料理を始めるのであった。


そこから二日間、順調に戦闘をこなす。

カルパティア森林の魔物はみるみるうちに減り、今では森でしばらく歩いても魔物に遭遇しないなんてことも多い。

「今日は少し早いですが終わりますか？」

カルパティア森林の南端に辿り着いて、ジャックが言った。

南端とは言っても行き止まりではなく、森は続いている。ただ、少し雰囲気が暗くなり、出現する魔物が異なるのだ。

カルパティア森林に出現する魔物より弱く経験値は高いので、南にある町の冒険者に任せるべきであった。

人気の地域の魔物を狩りすぎると苦情が来るのである。

「そうだな。今からでも奥地には行けるが、焦ることはないだろう。予定より早いからな。明日の朝、奥地を探索して町に向かおう」

そう話をしてトニーたちは野営地に戻り始める。

この二日間でカルパティア森林の北側と南側の魔物は狩り尽くしていた。

あとは初日に西に向かって探索した森の奥地を残すだけとなった。

「おっ？　じゃあ今日はワイルドベアを狩って肉パーティーにしましょうよ！」

「ハンフリー、食うことしか頭にねぇのか！　任務中だぞ」

「それくらいいいじゃねぇか。トニーさん、どうですかね？」

話を振られたトニーは少し考えてから口を開く。

「まぁいいだろ」

「マジですか!?」

「ワイルドベアが見つかったらな」

すでに魔物を根絶やしにしつつあり、ワイルドベアが残っている可能性の方が低い。

「はい！　気合い入れます！」

「任務より気合い入ってんじゃねぇか」

「そんなことねぇよ！　さて、さっそく――」

「ちょっと待て」

「トニーさん？　どうしました？」

「狼煙《のろし》だ」

ちょうど森の切れ目で空が見え、狼煙に気がついた。

（あれは……結構奥だな。それに、あの煙の量だと結構時間が経っている。今から走って間に合うかどうか）

「四人で走りますか？」

セージがそう提案したのは一番足が遅いからだ。トニーたちだけで走った方が格段に速い。

「……いや、セージも連れていく。まず俺が担ぐから、途中で交代しろよ」

（えっ、担ぐ？）

セージは軽々と肩へ担ぎ上げられる。

そして、トニーは「行くぞ！」と号令をかけるとすぐに走り出した。

森の中にセージの脅威になる魔物はいないが、何が起こるかはわからない。

そんな場所に置いていくという選択肢はなかった。

（あーまたこんな感じになるんだ。そろそろ素早さについても考えないとなぁ）

マーフル洞窟やカテ峡谷でも担がれていたことを思い出しつつ、おとなしく荷物のように運ばれるのであった。

＊　＊　＊　＊　＊

～Ｓｉｄｅ　マシュー～

マシューはレベル38のソロ冒険者だ。

十九歳という若さで冒険者ランクは四級になっており、職業も戦士、聖職者、魔法士、狩人、旅人の五つをマスターしている。

中級職はまだマスターしていないが、聖騎士と探検家のランクは高く、マスターまでそれほど長い時間はかからないだろう。

これは非常に優秀な冒険者だと言える。十二歳から冒険者として必死に活動してきた成果だ。

もちろんそれだけではなく、一番最初に組んだパーティーに恵まれていたということもある。

引退する前に後進の育成をしている冒険者たちと、たまたまパーティーを組むことができたのだ。

冒険者に必要な知識や技術だけでなく、下級職や魔法の重要性、探検家の便利さなどを説き、ランク上げにも協力してくれた。

それがなければ四級冒険者にはなれなかっただろう。

マシューが下級職をマスターしたところで、その冒険者たちは引退し、パーティーは解散したが、今でも彼らには感謝していた。

その後、他のパーティーに加わったが、ある事件を境にソロ冒険者となり、それ以降は固定パーティーを組んでいない。

しかし、今はランク上げのために臨時パーティーを組んでいる。

何かあった時に一人では対応できないことが多い。特に野営をするような場合は一人では危険すぎる。

ギルドでも五人パーティーを組むことを推奨していた。

「あーあ、全然出てきやしねぇ。本当に場所はここで合ってんのか？」

「ここ以外ねぇだろ。やっぱあの野営地が怪しいぜ。そいつらが根絶やしにしちまったんじゃねぇか？」

「ここまで魔物が出てこねぇほど？　普通そんなことするか？　ここの魔物に恨みでもあんの？」

口々に文句を言っているのは、聖騎士三人組のティム、ジョニー、ヘクターだ。

愚痴には加わらず黙って見ている一人、普段はソロ冒険者をしている魔導士のデリアを含めて五人の臨時パーティーを組んでいた。

（しかし、異常なほど魔物がいないな。なにかの予兆でなければいいんだけど）

実際にはセージが根絶やしにしただけなのだが、そんなことを知らないマシューの警戒感は高まっていく。

「マシュー、魔物はいねぇのか？　暇すぎるぜ」

そんなマシューとは反対に、ティムは警戒もせずに歩きながら、斥候《せっこう》役のマシューに向かって大声を出した。

その警戒心のなさに魔導士のデリアは非難するような目を向ける。

ただ、警戒心がなくなるのも仕方がないことであった。

森に入ってから一時間以上経っているというのに、未《いま》だに三回しか魔物と戦っていない。ほとんど魔物が出てこないとなると警戒もしていられないだろう。

先頭から少し離れたところで斥候役をしていたマシューは、一旦立ち止まって他のメンバーと合流する。

「この周囲にはいなそうだ。一度引き返した方がいいのかもしれないな」

「おいおい。ここまで来てそりゃないだろ」

マシューの言葉にすぐさまティムが反論した。

ここで引き返すと、来た意味がなくなるからだ。

「あまり奥に行くと危険だ。魔物の強さも変わるかもしれない」

「もし強い魔物が出てくりゃ引き返せばいいじゃねぇか」

「そりゃそうだが戻る時間もあるんだしな。帰ろうとして強い魔物に遭遇したらどうする」

(それに、何か異変が起こったのかもしれない。警戒しすぎの可能性もあるが)

他のパーティーが倒していなくなることはあるが、こんな人気のないところでほとんど魔物と遭遇しなくなるようなことは初めてだった。

「こんなに魔物が少ないのにか？　これなら今からでも西の端まで行けるくらいだぜ。そもそもカルパティア森林なら俺たちでも対応できる魔物しか出てこねぇだろ？　心配しすぎじゃねぇか？」

「そりゃそうだが……」

「まぁどうしても引き返すっていうなら戻るけどよ」

ティムがしぶしぶといった感じで言うが、不満がありありと見える。

(魔物が多いならまだしも少ないからな。危機がある可能性は低いか。とりあえず慎重に行動しよう)

「わかったよ。もう少し進もう」

「よし！　さくさく行こうぜ！」

「ティムたちも警戒してくれよ」

「あぁわかってるって」

マシューは再び斥候役として先行する。

パーティーで斥候役は職業が暗殺者の者、いなければ素早さの高い聖騎士や戦士がやることが多いのだが、マシューは探検家だ。

探検家も斥候に適しているとマシューは考えていた。

暗殺者の場合は魔物に見つからないように移動できるが、探検家はできない。

しかし､遠くまで見渡すことができる特技『ホークアイ』や耳が良くなる特技『ラビットイヤー』などが使えるため、魔物の動きをいち早く捉えることができる。

特技の種類は全く異なるが、斥候の能力として十分だと考えていた。

(んっ？　あれは……マッスルコングだな。全部で三体か)

魔物の姿を見つけて仲間に合図を出す。するとティムたちはすぐに気持ちを切り替えて態勢を整えた。

(こういうところはちゃんとしてるんだけどな)

そんなことを思いながらマシューはゆっくりと魔物に近づき、ティムたちもそれに続く。

そして、魔法の範囲に入るとデリアはマッスルコングに向けて手をかざした。

「マグナウェーブ」

準備していた上級水魔法がマッスルコングたちに襲いかかる。

それを合図に戦闘が始まった。

マシューは中級魔法を使えるが、今回はMPを温存し、サブアタッカーとして前衛に加わる。

前衛は『ハウリング』や『メガスラッシュ』を使い、後衛は水魔法で攻める。

戦闘は難なく終結。受けたダメージを回復して先に進む。

すると、少し進んだところでまた魔物を発見し、再び合図を出す。

「やっとランク上げが始まりそうだ」

ティムがにやりと笑いながら言った。

そこからは魔物が順調に現れるようになり、ランクも上がっていく。

そうすると全員の士気も上がってきた。マシューたちがパーティーを組んだのはランク上げが目的だったからだ。それで、あえてカルパティア森林に来たのである。

「よしっ！　俺もランクが上がった！」

「やっぱさっきまでは別のパーティーに討伐されていたみたいだな」

「まったく迷惑な話だぜ」

文句を言いつつも笑い合う。

戦闘も苦戦することなく順調にランク上げも進み、テンションが上がっていたのだ。

(かなり増えてきたな。空振りにならなくてよかった)

徐々に増えてくる魔物に、マシューも安心していた。

そんな時、特技『ホークアイ』によって、遠くに赤色の毛並みの一部が見える。

（あの色はレッドバイソンか？　一体なら大したことはないが……）

この周辺で赤色の魔物はレッドバイソンだけだ。

ただレッドバイソンは群れで現れることが多く、周囲に仲間がいる可能性が高い。

仲間に合図を出して、慎重に探りつつ近づこうとする。

その時、違和感があった。

（なにっ！）

ボスの領域に入った感覚。

その瞬間に思い出す。

領の騎士団が定期的に退治するため滅多に遭遇することはないが、この場所には元々ブラッドベアというボスがいるということを。

しかし、領域に入ってからではもう遅い。

（くそっ！　ブラッドベアだったか！　油断した！）

マシューは驚きつつもパーティーを手で呼び寄せる。

ティムたちは近づいて、マシューから一歩離れたところで止まった。

「マシュー、ボスに捕まったんだな？」

その言葉にマシューは一瞬固まり、昔組んでいたパーティーのことを思い出す。

マシューがソロ冒険者になったのは、二番目に組んだパーティーで見捨てられたからだ。

かつても今と同じように斥候をしていてボスの領域に入り、それを仲間に伝えると、全員マシューを置いて逃げた。

パーティーの仲間としてありえない行為である。

ボスに囚《とら》われているマシューは追いかけることもできない。

怒鳴ることも嘆くこともせず、呆然《ぼうぜん》と見送ることしかできなかった。

命がかかっているため、そんなこともあると話には聞いたことがあったが、実際に自分が経験するとは思わなかったのである。

その時は幸い『悠久の軌跡』という冒険者パーティーに助けられたが、それがなければ死んでいた。

そんな過去を思い出しつつ、努めて平然と答える。

「あぁ、おそらくブラッドベアだ」

「そいつに勝てんのか？」

「勝てる」

マシューはティムの質問に即答した。見捨てられないために、そう言わないわけにはいかなかった。しかし、そこでデリアが口を開く。

「嘘《うそ》は良くないわ。ブラッドベアはレベル40以上のパーティーが推奨だったはずよ」

このパーティーのレベルは38前後である。推奨レベルには届いていない。

今まで呪文を唱えていたため無口だったデリアに、ティムが驚いたような顔を向ける。

「デリア、知ってんのか？」

「はぁ？　それくらい調べてないの？」

「うるせぇ。今回はマシューに任せてたんだよ」

「全員が知っておくべきなの。あなたたち、それでよく今まで生きてきたわね」

言い合いを始めたティムとデリアに被《かぶ》せるように、マシューが言葉をかける。

「俺たちはパーティーのバランスもいい。ブラッドベア相手でも勝てるだろ？」

「デリア、どうなんだ？」

すぐに聞いてくるティムに、デリアは呆れたような視線を向けてから答える。

「バランスが良くても装備がいまいちよ。幸い私たちはまだあまり消耗してないし勝てる可能性はあると思うけど、厳しい戦いにはなるわ。そんな賭けをするつもり？」

その考えは正しい。それがわかっていたマシューは反論できなかった。

「そんな賭けをするのは馬鹿しかいねぇぜ」

そう言ってにやりと笑い合う三人組にマシューは暗い気持ちになる。

(くそっ、またかよ)

冒険者には戦士や聖騎士が多く、斥候役になることが多い暗殺者は少ない。

それは職業のイメージが悪いこともあるが、こういった場面で最も危険にさらされるからだ。

「そんじゃ、行くぞ」

ティムはそう言って一歩踏み出した。

三人ともマシューの方へ。

「おい、お前ら……」

驚きに目を見開くマシューにティムたちが笑いかける。

「なんだよ。いつも言ってんだろ。冒険者は馬鹿しかいねぇって」

「絶対勝てねぇなら一人は救援を呼ぶために走るけどな」

「それに、仲間ってそんなもんだろ？」

その言葉にマシューは何と答えていいかわからず、少し黙ってから「ありがとう」と答えた。

そんなやり取りにデリアが「はぁ……」とため息をつく。

「ほんと馬鹿ばっかり。こんなやつらとパーティーを組むんじゃなかったわ」

そう言ってデリアは生活魔法『ファイア』を使って狼煙を上げる。

「おっ狼煙か」

「当然。野営の跡があったから近くにパーティーがいるんでしょ。援護に来てくれるかもしれないわ。というかあなたたちね。境界を越える前にそういうことを考えなさいよ。中に入ってから魔法とか魔道具を使うとボスが反応するのよ？」

「それくらいわかってるぜ。ただ、俺らは狼煙を持ってねぇから。なぁそうだろ？」

ティムの問いかけに他の二人も頷く。

「ほんっと、それでよく生きてこれたわね。冒険者の基礎からやり直すべきよ」

辛辣なことを言いつつ、デリアも境界を越える。

「ははっ、デリアもこっちに来てんじゃねぇか」

「馬鹿じゃねぇの？」

煽《あお》るティムたちをデリアは不機嫌そうに睨《にら》む。

「あなたたち四人で勝てるわけないでしょ。まったく。まぁ、それに……私も冒険者だったってことね」

「やっぱ仲間だな」

「でも一緒にはされたくないわ」

「なんでだよ！」

「はいはい。とりあえず作戦を立てるわよ。簡単に勝てる相手じゃないんだから」

そう言ってデリアは連携の取り方を話す。

攻撃のタイミングを合わせるために必要なことだ。

後衛はデリアが攻撃魔法を使い、マシューがサブの攻撃魔法とバフ。

前衛はティムが盾役のタンク、ジョニーとヘクターはアタッカーである。

ブラッドベアにはデリアの上級水魔法が最も効くので、メインのダメージ源として、ティムが『ハウリング』で注意を引くのが基本の立ち回りだ。

回復は前衛が自分で行い、間に合わないようであればマシューが回復に回ることに決まった。

「無理はしないように。早さは求めてないから」

「わかってるって。それじゃ慎重に近づくか」

こうしてブラッドベアとの戦闘が始まるのであった。

＊　＊　＊　＊　＊

「ハイヒール！　ジョニー！　マシューの援護に回れ！」

「ハイヒール！　ティム！　一旦下がれ！　俺たちが抑える！」

「ハイヒール！　回復薬があと一本しかねぇ！」

戦いは順調とは言えなかった。

ブラッドベアの一撃は重く、すぐに回復が必要になる。

前衛は常に回復魔法を唱え続けている状態だ。

そんな相手にティムは果敢にも立ち向かっているが、回復したそばからダメージを受けており、危機的状況に頼りの回復薬も尽きようとしている。

（また強くなったんじゃないか!?）

ブラッドベアは攻撃力、防御力、ＨＰに優れている。

それに比べて魔法防御力は低く、弱点は水魔法。魔法を使わないボスだ。

だからこそ、盾役が魔物を引き付け、魔法使いが水魔法で攻めるという戦い方がセオリーである。

しかし、今はほとんど攻撃魔法を使えないでいた。

ブラッドベアはＨＰの減少にしたがって徐々に毛の赤みが増し、防御力が下がって攻撃力と素早さが上がっていく。

ティムは体が大きく耐久力に優れているが、装備がそれほど良くはない。

攻撃力の高い格上ボス相手では厳しいダメージとなる。

暴れまわるブラッドベアに対応できず、前衛の回復速度では間に合わない。

徐々に押され始めて、マシューが回復魔法しか使えなくなり、今はデリアも含めて全員が常に回復魔法を使っている状態だ。

（いつになったら倒れるんだ！　もう相当ＨＰ削っただろ！）

ブラッドベアはさらに攻勢を増す。

回復魔法を唱え続けているため通常攻撃で攻めているが、素早くなったブラッドベアへの攻撃回数は落ちていた。

「ハイヒール！　……くそっ！」

ティムは回復魔法をミス。最後の回復薬を飲み干す。これ以上は持ちこたえられないと感じた。

「デリア！　マシュー！　攻撃魔法を使え！」

それは最後の賭けだった。

持ちこたえられる時間はもう短い。

狼煙を上げてからかなりの時間が経ち、もう煙も出ていないとなると、救援も期待できない。

完全に尽きる前に全員で総攻撃を仕掛けて倒す。

それしかないと考えた。

(こうなったら賭けるしかないか!)

マシューは『ハイヒール』を発動すると、すぐに中級水魔法『ウォータースプラッシュ』の呪文を唱える。

「Lieru aqua accentus evomuit ante hostium」

それと同時に、デリアが唱えるのは上級水魔法『マグナウェーブ』。

マシューは中級魔法までしか覚えていないが、デリアは上級魔法も使える。

水魔法が弱点であるブラッドベアには効果的だ。

「ウォータースプラッシュ!」

その発動と共にブラッドベアの真下から水が吹き出す。

それを合図にして、前衛が下がった。

「マグナウェーブ!」

デリアの魔法が発動。様々な角度からブラッドベアに向けて波が襲いかかる。

しかし、ブラッドベアはそこで波に向かって突き進んだ。

(ヤバいっ!)

波を弾《はじ》き飛《と》ばし、ティムに接近。

さっきの失敗もあり、慎重に回復魔法を唱えていて、まだ準備もできていないティムにブラッドベアの豪腕から繰り出される爪撃《そうげき》が襲いかかる。

ティムはそれを盾で防御したが、衝撃で盾が跳ね上げられる。

そこに二撃目が直撃。

HPが0になり、地面を転がる。

（ティム！　くそっ！）

ジョニーがティムを守るように移動したが、ブラッドベアはそれに見向きもせず、デリアに向かった。

今まではティムが特技『ハウリング』を使ってブラッドベアの注意を引いていたが、ティムが倒れると次に狙われるのは回復魔法や攻撃魔法でヘイトを集めていたデリアになる。

（俺が止めるしかない！）

マシューはデリアの前に出て守るように盾を構える。

パーティー内で最もダメージを稼げるのはデリアの『マグナウェーブ』だ。

それを邪魔されるわけにはいかなかった。

マシューはブラッドベアの突進を右に受け流す。

しかし、すぐに反転したブラッドベアは爪で攻撃。

それを受け止めるとヘクターが回復魔法を唱えてくれる。

（助かる！）

その瞬間、ブラッドベアは正面から体当たり。そして、そのまま押し倒された。

（なっ！　このっ……！）

盾を使って押しのけようとするが、体勢が悪くびくともしない。

ブラッドベアはマシューの首もとに噛《か》みついた。

(くそっ！　くそがっ！)

HPの加護により、傷はつかない。

そして、圧迫感はあるが息ができないほどではない。

だからといって余裕を持つことはできなかった。

ガリガリと削られていくHP。

そのHPがなくなった瞬間、首が噛みちぎられる。

そんな想像が頭をよぎり、焦りは増した。

(このっ！　やめろっ！)

全力で暴れるが抜け出せない。

デリアは『マグナウェーブ』の準備はできていたが、マシューを巻き込むため使えない。

別の魔法を唱え直すか迷い、杖《つえ》を使って攻撃していた。

さらに、援護に来たヘクターが体当たりしたところで片手が抜ける。

「ハイヒール！」

マシューはすぐに手を伸ばして回復魔法を叫んだが、発動しなかった。

「なんでだよ！」

マシューは叫びながらブラッドベアを殴り付けるがびくともしない。

ジョニーも駆けつけているが間に合わない。

(ダメだ……死ぬ……っ!)

マシューは覚悟を決める。

「デリア、魔法を――」

発動しろ、という言葉は形にならなかった。

上級水魔法『ウォータービーム』が突き刺さり、その衝撃でブラッドベアの体勢が崩れたからだ。

(今だ!)

マシューはそのタイミングで下から思い切り押し上げる。

ヘクターとデリアも体当たりして、ブラッドベアはゴロンと転がった。

「つしゃあ!」

マシューはそう叫びつつ、跳ねるように起き上がりその場から離れる。

ブラッドベアはさらに転がって立ち上がると、突進してきた。

そこでマシューたちの前に躍り出たのは騎士だ。

「援護する」

そう言って『シールドバッシュ』を発動。

ブラッドベアを受け止めるだけでなく怯《ひる》ませる。

その隙に両側から別の三人の騎士たちが襲いかかり、さらに『ウォータービーム』が発動される。

マシューとデリアは思わずパッとその方向を見た。魔法使いがもう一人いるかと思ったのだ。

それほどまでに魔法の発動速度が異常だった。

上級水魔法『ウォーターボール』であるにもかかわらず、マシューが放つ下級水魔法『ウォータービーム』よりも速い。

マシューたちが復活魔法や回復魔法を唱えてパーティーの態勢を整えている間に、ブラッドベアは騎士たちに押さえ込まれていた。

そして、一分も経たない内に戦闘は終結。

その戦いの間、ティムたちは騎士たちを見ていたが、マシューとデリアは魔法使いがおかしいと思っていた。

騎士なら強いのも理解できるが、魔法使いは明らかに子供で、魔法の威力、発動速度は見たことがないレベルである。

特にデリアは自分の実力に自信を持っていた。

同年代であれば上位の実力だろうと考えていたのだが、それは幻想だったと感じるほどだ。

立ち尽くすマシューたちに騎士が近づいてくる。

「俺はラングドン領騎士団のトニーだ。君たちは？」

「リンドウ冒険団のティムだ。助かったぜ」

ティムたち三人のパーティー名はリンドウ冒険団。ソロの二人はそこに加入する形で臨時パーティーを組んでいる。

「助かったならよかった。最後のトドメだけ取ってしまったようだったからな。ところで、素材は分け合うということでいいか？　もう解体を始めてしまっているが」

トニー以外はブラッドベアの周りですでに解体作業に取りかかっていた。

晩御飯のために急いでいるからだ。

「いや、俺たちの分の素材はいらないぜ。助けられたからな。そうだよな？」

ティムの言葉にマシューたちは頷く。

先に戦っていたとはいえ、危機的な状況を助けてもらっておいて素材を受け取るわけにはいかない。助けてもらわなくても倒せたと主張することもできるが、ティムたちは正直に言った。

その時、セージが近づいてきて話しかける。

「ちょっと手伝ってもらえませんか？」

「手伝うって何を？」

「ブラッドベアの解体と輸送ですね。すぐに晩御飯にしたいですし、ブラッドベアは肉が傷みやすいらしいので急いでいるんです。手伝ってもらえたら爪は渡しますよ」

「そんなの貰えねぇよ」

爪はブラッドベアの素材の中で最も価値のある部分だ。

だからこそ、ティムは受け取れないと思った。

「まぁまぁ遠慮せずに。熊胆《ゆうたん》と肉の一番いい部位は僕たちが貰いますから」

「ゆうたん？」

マシューは聞きなれない言葉に思わず声を上げる。

「内臓の一部です。ブラッドベアのものは薬に使えるはずなんですよね」

嬉《うれ》しそうに言うセージにトニーが笑った。

「そりゃ大事だな。こう見えて凄腕《すごうで》の錬金術師なんだよ。それでいいか？」

「それは構わねぇけど」

（錬金術師？　魔法使いなのに？）

そう思ったマシューはデリアと目が合う。お互いに複雑そうな顔をしているのがわかった。

「それで、手伝ってもらえるのか？」

「ああ、みんなもいいな？」

「おう、もちろんだぜ」

こうして全員で手早く解体し、野営地に向かう。

その道中、マシューはセージに話しかけた。

「それ、呪文なのか？」

セージがずっと何かをブツブツと言っている様子を見て不思議に思ったのだ。

騎士が守っているとはいえ、まだ魔物が出現する場所。

魔法使いなら呪文を唱えておき、魔法をすぐに発動できるように準備をしているのならわかる。

しかし、呪文を唱え終える様子がないとなるとおかしかった。

セージはきょとんとした顔を向けたあと、笑顔で答える。

「呪文の練習ですよ。『ウォータービーム』ってあまり使う機会がなかったんですけど、さっき使ってみて練習不足だなぁと思ったんです」

上級水魔法の『ウォータービーム』は直線にしか飛ばないため当てにくく、単体攻撃になる。

ソロ冒険者のセージとしては使う機会がなく、騎士たちとは連携が取れるため範囲魔法を使っていた。

また、森では水魔法が弱点になる魔物が少ないこともある。

セージとしては納得のいく発動速度ではなかったが、マシューからすると異常な速度だ。

(今でもおかしい速さだったのにまだ練習するのか……)

マシューは驚きと共に、その意識を見習わなければならないと思った。

「まだ小さいのにすげぇ魔法使いだな。職業は魔導士、いや、まさかそれ以上の……」

「いえ、職業は暗殺者ですよ？」

「はっ？　暗殺者？」

(なんで？)

マシューの頭に疑問符が浮かぶ。

暗殺者が魔法使いに向いているとは思えない。

「魔導士もマスターしたいんですけどね。もうすぐ暗殺者がマスターできますけど、次は聖騎士かなと思っていて、まだ先になりそうです」

「……なんで魔導士を目指さないんだ？」

「聖騎士は早めにマスターしておきたいんです。まぁでも、すでに下級職は全てマスターしているので、そのうちですね」

(下級職、全て?)

「商人もマスターしたのか?」

「ええ、意外と便利なんですよ? 冒険者なら商人も含めて全ての職業に使いどころがあると思っているんです。商人は戦いには向かないですけど『鑑定』があれば買い物だけじゃなく、解体や採取、料理の時に善《よ》し悪《あ》しがわかりますし。他にも……」

セージが全ての職業をマスターしようとしたのは趣味のようなものだが、実際に使ってみると意外と便利だったのである。

しかし、そんな考えをする者は稀《まれ》で、冒険者の常識とは異なる話にマシューは引き込まれた。

(マスターしている職業の数は負けないと思っていたんだけどな。それに錬金術師でもあるんだろ? どうなってるんだよ)

「それで、冒険者と錬金術師、どっちが本職なんだ?」

「本職? 本職……なんてないですね」

「ない? 将来何がしたいとか、何になりたいとかないのか?」

「うーん、旅をする冒険者ですかね。僕の目的はこの世界を楽しむことなんですよ。そのためにいろいろとしているだけで。マシューさんはどうして冒険者になったんですか?」

「俺? 俺は……」

逆に返された質問にマシューは戸惑った。

マシューが冒険者を始めたのに理由はなかったからだ。当時は孤児で生きることに必死だった。たまたま人員募集していた冒険者ギルドで働き始めて、そのまま冒険者の真似事《まねごと》をするようになったのである。

ただ、今改めて、どうして冒険者をしているかを聞かれて思い出したのが、一番初めにパーティーを組んだ後進の育成をしている冒険者たちのことだ。

冒険者の仕事は危険なことも多く、楽なものではない。

命の危険があるのはもちろん、特に慣れるまでの生活は厳しい。

野宿もするし、ボロボロになるまで歩き続けることもある。道具を使いすぎれば赤字になり、安い保存食は不味《まず》い。

それでも、その冒険者たちとの生活は楽しかった。

怒られ、助けられ、笑い合った日々は、かけがえのないものだ。

(そうか。だから俺は、冒険者をしているのか)

パーティーの裏切りを受けても冒険者を続けていたのは、また最初のパーティーで活動していた時のような冒険を求めていたからだと気づく。

「俺は、仲間と冒険を楽しむため、だな」

セージはその答えを聞いて、キョトンとしたあと、笑顔を向ける。

「じゃあ、よかったですね。仲間と冒険ができていて」

マシューは仲間を見渡して「まぁ、そうだな」と答えるのであった。

# 第二章　王都

領都では充実した生活を続けて、レベル40の聖騎士になった。レベルや戦闘・支援職ランクはそれほど大きくは上がっていない。

討伐にはついていっていたが、ちょうどよい魔物の大量発生などがなければ急激に上げることは難しいのである。

むしろ、この短期間でここまで上げたと思えば十分すぎるだろう。

それに、セージはそもそも研究所の所長である。

トーリに任せているとはいえ、全く出向かないわけにもいかない。

ただ、錬金術師のランクをマスターしてからは、魔導具師のランク上げに重きを置いていたが。

そして、セージのステータスは未《いま》だに魔法使いの形であるものの、騎士との訓練や自主トレーニングの甲斐《かい》もあって、前衛としても少しなら戦える程度にはなってきている。

セージ　Age12　Lv40　種族：人　職業：聖騎士
HP　898／898　MP　4515／4515
STR（力）　138　DEX（器用さ）　266

VIT（頑丈さ）133　AGI（敏捷性《びんしょうせい》）144
INT（知力）570　MND（精神力）559

戦闘・支援職一覧
下級職　マスター
戦士　魔法士　武闘士　狩人《かりうど》　聖職者　盗賊　祈禱士《きとう》　旅人　商人

中級職
聖騎士　ランク4　魔導士　ランク1
暗殺者　マスター　探検家　ランク1

生産職一覧
下級職　マスター
木工師　鍛冶師　薬師　細工師　服飾師　調理師　農業師

中級職
錬金術師　マスター　魔道具師　ランク23
技工師　ランク2　賭博師　マスター

セージとしてはレベルとランクをもう少し上げておきたいと思っていたが、試験の日が迫り、王都に来ていた。

（ここが王都か。昨日はよく見れなかったけど、煉瓦《れんが》や石造りの街はやっぱり綺麗《きれい》だな。ヨーロッパみたいだ。行ったことはないからイメージだけど）

セージは試験日の前日に王都に到着していたが、その時はすでに夕方で、宿まで移動したり食事をしたりしている間に暗くなってしまった。

本当は王都に数日前に着く予定だったのだが、少し前の町から近いところにある岩場で、ランク上げにちょうどいい魔物がいることを知ったのである。

それを無視することができず、狩っていたらギリギリになってしまったのだ。

そして試験日である今日、朝早く宿を出て、街並みを見ながら試験会場となる王都第三学園に向かっていた。

（思ったより活気があるし、人が多く賑《にぎ》わっているなぁ。前世の街を少し思い出すよ。まぁ東京とまではいかないし、走っているのは車じゃなくて馬車だけど）

セージは街並みを見るために歩いているが、王都は広いため、バスのような役割をしている馬車は多い。

軽いジョギング程度の速度しか出しておらず、大通りしか馬車道がないのだが、ある程度裕福であればよく利用するものである。

街中は朝から多くの人が行き交い、テイクアウト形式の飲食店が呼び込みをしていた。

その内の一つの店で買い食いをして歩く。

（ほう、結構美味《おい》しい。やっぱラングドン領と味付けが違うなぁ）

通りの両側には飲食店や服飾店、魔道具店、武器屋など様々な店が立ち並んでいた。

ラングドン領より人が多いのはもちろん、お洒落《しゃれ》な人も多い。

ただ、セージが気になるのは人よりお店の商品だ。

（やっぱり薬師の店は気になるよな。おっ、品質が良の回復薬がある！　初めて見た！　どうやって作ってるんだろう。良を飛び越えて高までいったからなぁ）

新しい街に来たことでセージはテンションがどんどん上がっていった。

気になるものを見つけたら店に入り、商人をマスターしたことで使える特技『鑑定《カンテイ》』をしながら歩く。

（あっ、隣は魔道具の店だ。えっ？　あれが金貨一枚って、めちゃくちゃ高い！　高すぎじゃない？　いくら高級な素材を使うといっても大銀貨一枚あれば揃《そろ》うぞ。これが普通なのか、ここがぼったくりなのか）

買うことはないが商品を見て回っているだけで楽しかった。

セージはゲームで新しい街に着くと、とりあえず全てを隈《くま》なく見て調べて回りたいタイプだ。

もちろん現実ではそこまでできない。行ける部分に自由度がありすぎて入り組んだ裏路地を歩いて回ってたら日が暮れるだろう。

観光客のように店を見て回ったり、少し裏路地を覗《のぞ》いたりするだけだ。

セージはふと冷やかしていた店で時計を見つける。

(あー、時間ヤバいな。もう少し早く行くつもりだったのに夢中になってしまった)

王都でも時計の数は多くないが、高級店であれば置いてあった。大抵は教会が二時間ごとに鳴らす鐘の音を目安にしている。

セージは試験会場となる学園に急ぎ足で向かった。

学園通りの突き当たり、正面にあった門は第一学園、向かって左側の道の突き当たりにある門が第二学園の入り口で、第三学園の門は見当たらない。

第二学園と比べて明らかに立派な第一学園の門にいた衛兵に聞くと、右側の道を進み、途中にある第一学園の校舎と訓練場の塀の間を進めばあると教えられた。

行ってみると、塀に挟まれたその道はぎりぎり人がすれ違える程度の細い道で、上にいくつか橋が架かっている。

(なんだか聞いていた話と違うなぁ。大丈夫なんだろうか)

不安に思いながら進むと、突き当たりに門、というより小学校の校門のような雰囲気で第三学園があった。

敷地内に入ると広い運動場があり、その奥に建物がある。建物は石造りで日本と雰囲気は異なるが、セージの通っていた小学校の構図によく似ており、懐かしさを感じた。

(ここが第三学園か。うーん、求める蔵書があるようには思えないな。第一学園の蔵書って見れる

のか？　一番の目的はそれなんだからな。最悪忍び込むけど、できれば合法的に見たいよな）

そんなことを考えながら、運動場の真ん中辺りにある人だかりに歩いていく。

「走りなさい！」

急に大声で指示されて、驚きつつもセージはすぐに走り出した。

（騎士の訓練みたいだ。思ったよりしっかりしてそう。しかし、少し高い声だったな。たぶんあの子だ）

第三学園に魔法科はなく、騎士科のみである。

男女共に試験を受けることはできるが、騎士を目指すのは男の子が多いため、九割以上は男の子であった。

その中で中心人物に見える女の子がおり、セージはその子に向かって走る。

十二歳にしては高レベルかつ騎士団で鍛えられていたため、周りが驚くほど素早い。

「集合の時は常に走るのがここの常識よ。覚えておきなさい」

「はい！」

セージは大きな声で返事して敬礼の姿勢をとった。

ケルテットにいた時は日本人的なお辞儀をすることが多かったのだが、この世界でそれは貴族を相手にする商人や従者などがよくする所作として認識されている。

騎士団の王国式敬礼は右手の指先をまっすぐ伸ばし、左胸に置く動作である。

これはラングドン領騎士団の訓練で学んだことだ。ずっと繰り返していたため、その動作はなかなか様になっている。

ただ、平民が集まるこの場では目立つことであった。

＊　＊　＊　＊　＊

〜Ｓｉｄｅ　シルヴィア〜

第三学園の訓練場では、入学試験のためにシルヴィアと同期である二級生のメンバーが動き回っていた。

学園は三級生から始まり二級生、一級生と上がっていくシステムである。

一級生は卒業に向けて訓練と勉強に忙しくなるため、二級生が入学希望者の選別を行うことになっていた。

これは上官になった時、適切に指揮を執る能力を養うためである。また、学年混合でパーティーを組むこともあるため相性などを判断する側面もあった。

もちろん教官も見てはいるのだが、基本的に手出しはせず二級生に任せるという方針をとっている。

シルヴィアは第三学園二級生の首席であり、この試験の総指揮を任されていた。

(またベンのやつ！　うろうろしてないで、堂々としてなさいよ)

シルヴィアは受験者の列の前に立ち、他のメンバーは受験者を並べて見張る役をしている。

その中でベンという二級生の中では小柄な男がちょろちょろと動き回っていた。

前に立つシルヴィアからはその動きがよくわかるのだが、次の新入生になる子たちが含まれる受験生の前で注意するわけにもいかない。

もどかしく思っていると、門から一人の子供が入ってくるのが目に入った。

ぼんやりとこちらの方に歩いてくる。

(あれが最後の受験生ね。まったく、まだ時間にはなっていないけど門が開く前から待機していた子もいるっていうのに。ちょっと気合いを入れないと)

「走りなさい!」

そう怒鳴ると、子供と思えない速度で私の前まで走ってきた。

シルヴィアはその動きに驚いたが、顔に出さないようグッとこらえる。

「集合の時は常に走るのがここの常識よ。覚えておきなさい」

「はい!」

その子は大きな声で返事して、綺麗な王国式の敬礼の姿勢をとった。

その姿にシルヴィアはわずかに戸惑いを見せてしまったが、すぐに列に並ぶよう指示を出した。

(どこかの騎士の子供? いや、騎士の子供は第三学園には来ないか。けど、真似《まね》にしては様になってるし、走る動きもよかった。訓練所の教官が厳しかったのかな?)

王都の騎士は上級騎士と下級騎士に分かれ、上級騎士は第一学園、下級騎士は第二学園に入る。

他の領の子供は第二学園か、領内の学園や訓練所に入るのが一般的で、第三学園に入るのは特殊な事情がある者だけだ。

その他、第二学園には大商人が金を積んだり、教会関係者がコネを使ったりして入学するため、第三学園に来るのは少し余裕のある商人や村長などの子供が多くなる。

普通の家庭では子供も労働力であり、基本的に学園に行くことはない。そして、試験を受ける平民のほとんどが訓練所の出身だ。

訓練所は十歳から入ることができ、そこで指導を受けて優秀であれば学園の受験に推薦されるのである。訓練所の指導者は騎士になれなかった兵士や冒険者であったりする。

たまにきっちり指導している訓練所もあるが、騎士の敬礼まで教える訓練所はほとんどない。試験に通るためには最低限の知識と強さだけが必要なのだ。

むしろ、第三学園はそういった騎士の常識なども学ぶ場所なのである。

(期待はできそうだけど。まっ、実力があるかは試験を見ればわかることね)

シルヴィアが合図を出すと、試験会場に集まった受験者を監視していたメンバーが前に並ぶ。

「私は二級生のシルヴィアだ！　注意は一つだけ、私や前に並ぶ者の指示を必ず聞くこと！　わかったな！」

シルヴィアの言葉に入学希望者たちは「はい！」と返事をする。

「では、これより試験を開始する！　全力で取り組みなさい！」

そう言うと、事前の打ち合わせ通りに二級生たちが動いていく。

一次試験が実技、二次試験が筆記なのだが、一次試験が通れば筆記の点数が多少低くても落ちることはない。

筆記の試験は第一、第二、第三学園共通で、貴族でも難しい問題が出る。ただ、誰でも答えられるような常識問題が二割程度あり、それさえ答えられれば十分だ。

問題を読んで解答を書けるという、文字の読み書き能力さえあればいい。

実技が良くて通らない場合は、性格に難があるなど教官に弾《はじ》かれるような人物だけである。

つまり、実技が最も重要になるため、受験者の気合いは高まっていた。

実技は大まかにレベルごとに分けられて二級生と模擬戦を行う。そして、それぞれ評価をしながら合格・不合格に振り分けていくのだ。

レベルが高ければステータスが高いため有利ではあるが、それだけでは合格できないようになっている。今レベルが低くても、在学中に上げればいいからだ。

それに、熱意や忍耐力がないと卒業まで耐えられず、熱意があっても能力がないと卒業できる水準まで到達できず結局退学となる。

強さは重要だが、単に強ければいいというわけではないので、その評価は難しい。

評価がしっかりとできているかは二級生自身の評価を上げることにつながるため、全員真剣に取り組んでいた。

それに、最終的な判断は教官になるのだが、提出した評価表がそのまま採用されることが多い。

その責任も皆が真剣になる理由だ。

シルヴィアが見回り、滞りなく事が進んでいると思ったら先ほどの少年に話しかけられた。

「受験者のセージと申します。シルヴィアさん。よろしいでしょうか」

ちらりとセージを対応していた二級生、ベンの方を向くと、申し訳なさそうに小さく頷《うなず》いた。

(何なのよ、もう。さっそく問題が起きたの?)

「何かあったのか?」

「私はレベル40です。それを伝えるように指示を受けました」

その言葉に驚くシルヴィア。

(レベル40ってことはすでに中級職?)

受験生は全員レベル30以下であり、上限に達している者は少ない。中級職になっている者はいるが、戦士の方が多かった。

第一、第二学園であれば中級職の方が多くて、訓練の都合上、入学時にレベル30以上にしないよう通達があるくらいだ。もちろん、それを守らない者もいるが。

逆に第三学園は平民なので、基本的に学園に入ってからレベルやランク上げが始まる。レベル10までなら冒険者に依頼してレベルを上げても、そこまで高額になることはないが、レベル40にもなるとそういうわけにはいかない。

そもそもレベル40とは冒険者で中堅ぐらいであり、子供が簡単に至れるレベルではない。

(ベンはレベル30くらいだっけ。それじゃ評価どころじゃなくなるかもしれないけど)

「本当にレベル40なの? レベルが高いからって有利ではないわよ?」

「はい。レベル40で間違いありません。十二歳なので能力はそれほど高くありませんが」

(逆に能力の高くない十二歳がどうやってレベル40まで上げるっていうのよ。ランク上げに加えて、レベル20以上のレベル上げ？　そんなのギルドに発注したら破産するわ。父親が優秀だったの？)

そんなことを考えながら名簿を確認してシルヴィアは驚いた。

(ラングドン領主からの推薦？　領主から直接？　でも、姓もないし、第三学園に来てるし。しかも十二歳なんでしょ？　何なのこの子)

学園は十二歳以上で受験できる。ただし、上限があり、成人となる十五歳以上は受けられない。つまり、十二歳から十四歳までが受験生となる。

この年齢で一年の差は大きい。なので、十四歳の受験者が多くて十二歳ではなかなか通らないのである。

今回、セージ以外に十二歳はいなかった。

「セージだったね。職業は？」

「聖騎士です」

(この年で聖騎士か。親からの遺伝？　まぁレベル40なら聖騎士で当然だけど。いやいや、十二歳でレベル40って前提がありえないから)

謎が多いセージの対応に迷っていると、後ろから声がかかった。

「俺が相手しようか？」

すっと話に入ってきたのは二級生の中でも優秀なライナスだ。

現時点ではシルヴィアが首席であり、十四歳の頃から身長が百七十センチと体格が良く、魔法も使える。

ただ、最近はライナスの成長と共に実力は拮抗《きっこう》してきており、すでに身長は大きく抜かれてしまっていた。

卒業するころには首席の座を明け渡してしまうかもしれないとシルヴィアは感じている。

「そうね。セージ、模擬戦の相手はこの試験官、ライナスよ。私が採点官として評価するわ」

「はい！　わかりました！」

「それじゃあ、準備をしなさい」

訓練場には間隔を空けて十メートル四方程度の枠が地面に描かれており、中に白い開始線が描かれていた。

二人は用意された模擬戦用の剣と盾を持ち、その線の後ろに立って向かい合う。

「質問があります！」

「なに？」

「魔法、特技等は使用可でしょうか？」

(あぁ、ファイアボールでも使えるのかな？　近接戦闘で魔法が使えると思ってるの？)

たまにではあるが魔法を使う受験生もいる。しかし、すぐに近接戦が始まるため、適切に魔法が使えることはない。

そのため、魔法の使用は勧められないが、それを事前に伝えるとアドバイスになるため言わないことになっている。

「もちろんいいわ。ただし、他の子も試験をしているからね。周りの邪魔をしないように使いなさい」

「はい！　ライナスさん、よろしくお願いします」

手を組んでぺこりと頭を下げて言うセージ。ライナスはこっそりとかけられた速度低下の祈りには気づかず、少し笑って「よろしくね」と言った。

「試合開始！」

セージは向かい合いながら何度か鈴を鳴らすと、呪文を詠唱しながら一足飛びで間合いに入りライナスに剣を振るう。

（速い！　でもライナスなら）

ライナスはセージの剣に反応して盾で受け、巧みに威力を流す。そして、突きを繰り出したがセージは後方に飛《と》び退《の》いて避《よ》けていた。

（ライナスの動きにキレがないわ。どうして……えっ！）

セージは着地と同時に中級火魔法『ファイアランス』を発動する。

近距離で放たれる魔法、さらに速度低下がかかっているライナスは盾で受けるしかなく、何とか耐える。

しかし、その間に横に回り込んでいたセージが剣を振るい、避けることも受けることもできず直撃した。

ライナスはＨＰのダメージを少しでも減らそうと剣と反対方向に飛び退いていたが、魔法と合わせたダメージは大きい。

（なんなのこの子は。受験生の戦い方じゃない）

さらなる追撃をライナスが転がりながら避け、体勢を整えて起き上がる。

しかし、その時にはセージは離れており、二度目のファイアランスが迫っていた。

（速い！　なんて発動速度なの！）

ライナスは咄嗟《とっさ》に盾で受けるが視界が遮られる格好となる。

次はどこから攻撃がくるかと警戒し、スッと後方に移動しながら確認すると、セージは魔法を放った位置から動いていなかった。

発動前に仕掛けるか、魔法を避けて攻撃するか逡巡《しゅんじゅん》したその時、ライナスの右手から剣が消えて、セージの手に移動していた。

「そこまで！」

追撃しようとしていたセージがぴたりと止まる。

（油断もあっただろうけど、あのライナスが手も足も出ないなんて。聖騎士で、魔法士で、盗賊？　身体能力も高くて、魔法の発動速度も正確性も一級品。ありえない、けど味方になれば心強いかも）

「ありがとうございました」

そう言いながらセージはライナスに剣を返す。

そして、周りから注目されていたことに気づき、戸惑いながら模擬戦の枠から出るのであった。

＊　＊　＊　＊　＊

二次試験の筆記試験も順調にこなして、その辺の飲食店で買い食いしながら、ラングドン家から紹介された宿に戻ってきていた。

(実技では試験官に勝てたし、筆記試験も問題なし。思ったより難しかったけど、だいたいは合ってるはず。周りの雰囲気ではできてなさそうだったから、まぁ合格はできるかな)

入学試験は受験者が多く何度かに分けて行うため、全ての試験が終わってから合格発表になる。そのため合格発表は一か月程度先だった。

合格発表は試験会場になった第三学園で行われ、合格者はその場で入学手続き、不合格者はそのまま帰路につく。

試験終了後に二級生全員で合格、不合格者を決める会議があり、そこでセージが話題になっていたのだが、本人は知る由もない。

(さて、少し時間もあるし王都散策といきますか)

夕食は宿でとることになっており、ゆっくりしていてもいいのだが、セージは街並みを見たくてしょうがなかった。

前世は三十一歳だったが、その年になっても新作のFSに心躍らせていたくらいである。目の前に広がる街を散策せずにはいられないのだ。

（なんだか、わくわくするな。でも、まずはやっぱり本屋に行かないと。特級魔法が書かれた魔法書とかあれば嬉《うれ》しいんだけど）

セージは宿を出て大通りの歩道を歩く。石畳の道は歩道と車道に分かれており、大通りは遠くに見える城に向かって延びていた。

車道を多くの馬車が通り過ぎ、歩道を行き交う人も多い。

（この時間になっても活気があるなぁ。冒険者の町とかは昼間は結構閑散としていたりするけど、さすが王都だ。食べ物も美味しいし）

立ち並ぶ店は外から買える形になっている飲食店が多く、そこで買って家で食べたり、食べ歩いたりするようなスタイルが一般的だ。

建物の中で食事をするようなレストランもあるが高級店ばかりである。

飲食店だけでなく武器屋や魔道具屋、錬金術師の店などファンタジー特有の店もあり、テンションが上がるところが多かった。

まずは本屋と思いながらも、ちょっと見るだけと自分に言い訳しながら、セージはあっちこっちと店を冷やかして回り、目的地を目指す。

それは宿屋の人に聞いたおすすめの本屋である。少し奥まったところにあって目立たないが、古書も含めて様々な本が置いてある店だ。

本屋としての規模は大通り沿いの大きな本屋には圧倒的に負けているが、掘り出し物が見つかるとのことである。

(この武器屋の角を曲がって、次の十字路を右だったよな)

横道に入って進むと、大通りの喧騒《けんそう》が遠ざかる。

右に曲がったところには静かな通路にひっそりと本屋を示すマークが書かれた石の看板が置かれていた。ちらほらと人通りはあるのだが、大通りに比べたら圧倒的に少ない。

(ここか。雰囲気はいいな)

店内に足を踏み入れると、カウンターしかない飲み屋のような構造になっていた。カウンターには椅子が四脚だけ置いてある。

壁一面が本棚になっており、入りきらない本が足元に積んであった。

カウンターの奥にいたおじいさんがちらりとセージを見て、すぐに手元に視線を移す。

(なるほど。本屋ってこんな感じなのか。まぁこの世界で本は高価だし、中を一部見たいだけって人もいるだろうから、日本の古本屋みたいに自由に見せるわけにいかないよな。でもシステムがわからないんだけど。見たい本を探して声をかければいいのか？　でも中身を見ないと結局欲しい本かわからないし、値段も書いてないから声をかけにくいし)

セージは少し戸惑いながらも本棚を順番に見ていき、ガンガンとテンションが上がっていった。

(これはヤバいな。マジでヤバい。語彙が消失するレベルでヤバい。全部欲しい)

技工書や魔道具書、エルフの書まで揃っている。それはラングドン領では見られないものだった。

今は領主が集めているからマシになったとはいえ、やはり商人は需要があるところへ商品を運ぶ。

ラングドン領で本を売ろうとする者などいないので、領都でも本屋は一軒しかない。

セージが住んでいた町、ケルテットではレジの奥に十数冊の本が並べられている雑貨屋くらいしか本を買えるところはなかった。

それにしても品揃《しなぞろ》えが尖《とが》っているのは、この本屋が特殊だからだ。

大通りの本屋は大衆向け、初級から上級の魔法書や剣技の書、普通の物語の本などが多く取り揃えてあるのだが、ここは専門書と言えるようなものばかりであった。

(あっ漢字とひらがな、カタカナの本がある。珍しいけどタイトルが『英雄ゴランと塔の姫』じゃあなー。専門書ばかりの中でめちゃくちゃ浮いてるな)

「セージ?」

突然後ろから声をかけられて振り向くと、ワイルドベアとの戦いで助けてくれた魔導士のヤナがいた。

最後に会ってから六年の時が経《た》っていたのだが、エルフ族のヤナは全く変わっていない。

「ヤナさん! お久しぶり、ですね。ずっと手紙でやり取りしていたので久しぶりという感じもしませんけど。最後に会った時から変わってませんし」

「久しぶり。セージは大きくなった」

「成長期ですからね。王都にいるとは聞いていましたが、まさか会えるとは思っていませんでしたよ」

「ここは王都に帰ってきた時必ず寄る店。品揃えも品質もいい」

本は基本的に写本でありオリジナルが出回ることはほとんどない。本屋とはオリジナルの本を書き写して売る人たちのことだ。

書き写す人の腕によって正確性が変わる。時には表紙だけ綺麗で中身は雑に書かれていたり、わざと間違えて書かれていたりするものもある。

また、そんな粗雑な写本をオリジナルとして売り、それが複製されるということもあるため、店の信頼性は重要であった。

「そうだったんですね。僕は初めて来たんですが、当たりでした。欲しい本がたくさんあってどうしようかと思っているくらいなんですよ」

「私が持ってる本もある。私たちの拠点に読みに来るといい。ついでに魔法談義しよう」

セージから見てヤナの表情はほとんど変わらないが、目がキラリと光っているのがわかった。

セージはまた睡眠時間が減りそうだなと思ったが、本も魔法談義も嬉しい提案だった。

「いいんですか？　楽しみです。パーティーの皆さんにも挨拶したいですしね」

ヤナとセージが話をしている間にカウンターのおじいさんがいくつかの本を集めて、それをヤナの前のカウンターにドンと置いた。

「ダンさん、ありがと」

「えっと、その本は？」

「これは新しく入った私におすすめの本」

「おおー。さすが常連さんですね」

さらに三冊置かれて、計八冊積まれていた。エルフの書や魔法関連が多い。

（やっぱり魔法が好きなんだ。あっ『英雄ゴランと塔の姫』がある。意外とそういう物語も好きなのかな。新たな一面が見れたな）

セージは思わずニヤけてしまい、ヤナから不思議そうな目で見られる。

「どうしたの？」

「いえ、意外とそういう物語も読むんだなぁと思いまして。魔法書ばかり読んでいるイメージでしたから」

「どういうこと？」

「これってヤナさんへのおすすめの本なんですよね？　この『英雄ゴランと塔の姫』って冒険物語っぽいじゃないですか。ヤナさんは冒険者ですし、そういう本も好きなのかなって」

その言葉を聞いて、ヤナは驚きの表情をセージに向ける。

（あれっ？　趣味がばれてちょっと恥ずかしいな、みたいな反応を期待していたんだけど。まぁヤナさんだし、そんな風にはならないか）

「セージ、これが、読めるの？」

「ええ、そりゃ読め……あっ」

そこでセージはやっと思い出した。『英雄ゴランと塔の姫』は漢字・カタカナ・ひらがなで書かれていたということに。

この世界は日本語ではあるが表記はローマ字しかない。漢字ひらがなカタカナは神の言語として扱われている。

（失敗した。ローマ字より普通に読みやすいし。ヤナさんに会ってすっかり忘れてた。これは秘密にするつもりだったんだけどなぁ。いや逆に考えよう。読めることをダンさんが知っていたら、そういう本を優先的に回してもらえるかもしれない。いいことじゃないか。よし、ポジティブ）

「あ、あーそうですね。実は読めるんです。でも読めることは誰にも言っていませんので内密にお願いしますね」

セージはにっこり笑って人差し指を口に当てた。

＊　＊　＊　＊　＊

～Side　ヤナ～

ヤナはいつも無表情であったが、このときは微《かす》かに笑みが漏れるほど機嫌がよかった。

それは、これから本屋に行くからだ。

ヤナは趣味が魔法と言っても過言ではなく、知識を溜《た》めることが楽しかった。そして、その源泉となるのは良質な本である。

これこそがエルフの里から出て、人族の町に来た理由だった。本を取り扱っているのが人族くらいなのだ。

エルフの里では口伝が多く文字にしない。

そして、伝える相手は限定され、里内の者にしか話さないのである。他種族でもそういう傾向が強い。

ハイエルフは知識をまとめて本にしていたが、暗号のように別の言語を使って他種族が読めないようにしている。本を書く、読むという習慣や、知識を広めようとする意識がなかった。

その点、人族では知識が解放されており、金さえあれば知識を得ることができる。

様々な書物が出回り、神の本でさえ写本を作り売っているのだ。

他種族にはない感性であった。

そして、ヤナにとってはありがたいことである。

ヤナが冒険者をしているのもただ単に最も稼げて、自由に生活でき、魔法の実戦ができるからという理由だ。

全ては魔法の勉強を中心に考える。それがヤナの生き方だった。

(この前の手紙に書いた呪文の文法考察についての議論は有意義だった。それについての本があれば買おう。金ならある)

ヤナは金貨三枚を用意していた。今回のギルドからの報酬と手に入れた素材の価値が高かったのである。

ヤナのパーティーはセージと出会った時点で高ランクだったが、さらに六年間成長を続けて、一流の冒険者パーティーになっていた。

冒険者はランク分けされており、一級~十級の十段階評価である。ヤナたちは一級、その中でも王都でトップのパーティーだ。

そのランクになると指名依頼を出すだけで金貨五枚はかかり、そこから内容によってさらにプラスされる。

費用が高い分、指名回数は少ないのだが、今回はドラゴンの討伐依頼の指名が入り、依頼料とドラゴンの素材売却で大きな利益が出ていた。

もちろん拠点の維持費や生活費、道具のメンテナンス費に消耗品の補充費、様々なものが差し引かれるのだが、それでも個人に金貨が分けられるほどである。

ちなみに金の管理はリーダーのカイルがしている。

しっかり金を管理できることも、着実に実績を残せた一因であるのは間違いない。

パーティーメンバーのミュリエルのように、散財してそのまま破産してしまう冒険者は少なくないのだ。

ヤナも個人の配分のほとんどを魔法関連に注《つ》ぎ込んでしまうため似たようなものである。

ヤナは王都の大通りを歩き、武器屋の角で曲がった。そして、行き付けの本屋、ダンの本屋に向かう。

王都中の本屋を巡って、最も良いと思った店である。他にもお気に入りの店は二つあるのだが、まずはダンの店に行くのが決まりだった。

(先客……まさか、セージ?)

店に入るとセージの横顔が見えた。キラキラした目で本棚を観察しているところだ。

六年ぶりの再会なのでセージが成長していて見た目はだいぶ変わっている。しかし、上級魔法について話をした時のような目の輝きで間違いないと感じた。

「セージ?」

横から声をかけると、セージは振り向いて驚いたあと、嬉しそうに言う。

「ヤナさん！　お久しぶり、ですね。ずっと手紙でやり取りしていたので久しぶりという感じもしませんけど。最後に会った時から変わってませんし」

「久しぶり。セージは大きくなった」

ヤナは偶然の再会に驚きながらも喜んだ。また魔法談義ができると思ったからである。

(まだまだ話したいことはたくさんある。今日は拠点に招待して泊まってもらおう)

ヤナはセージとやり取りしながらどの本を買うか、セージと何について話すかを考えていた。

しかし、その考えは一瞬で吹き飛ぶことになる。セージが積まれた本を指しながら衝撃の言葉を発したからだ。

「これってヤナさんへのおすすめの本なんですよね？　この『英雄ゴランと塔の姫』って冒険物語っぽいじゃないですか。ヤナさんは冒険者ですし、そういう本も好きなのかなって」

その本の題名は、ヤナには読めなかった。

ヤナだけではなく、世界中を探しても読める者はいないと確信できる。

それは神の言語で書かれた本。

遥《はる》か昔に神がこの世界の者のために書き記したとされる本の写本だからである。

これが読めたら世界が変わるとさえ言われているものだ。

セージは特に辞書を見たわけでもなく、なんでもないように読んでいることにヤナは戦慄した。

(grandis 魔法詞どころじゃない。これは偶然読めたなんてことはありえない。何でもないように読めるということは、膨大な神の言語の知識が詰まっているはず。どういうことなの)

何か教えたのかとダンの方を見たが、今までに見たことがないほど目を見開き驚いた表情をしていた。

ダンの驚愕《きょうがく》の顔を初めて見て、ヤナは少し落ち着きを取り戻す。

「セージ、これが、読めるの？」

「ええ、そりゃ読め……あっ」

セージは視線をうろうろと動かしたあと、諦めたように笑った。

「あ、あーそうですね。実は読めるんです。でも読めることは誰にも言っていませんので内密にお願いしますね」

にっこり笑って人差し指を口に当てるセージにヤナは真剣な表情で頷いた。

(そんな簡単に言えるわけない。こんなの言語学の研究者のトップに立てる。いいえ、そんな規模の話じゃない。世界を変える力を持っているようなもの)

この世界で神の言語を読もうと思っても読める者はいない。国のトップの言語学者でも、ひらがなでさえ怪しいくらいである。

本の数が少なく、さらに全て手書きだというところが言語の解析を難しくする要因だ。

同じように書いているつもりでも違う文字になってしまうことがある上に、わざと間違えて書くこともある。オリジナルがどれかもわからず、何が正しいのかわからなくなっているのだ。

ダンはカウンターの下からごそごそと三冊の本を取り出しカウンターに置いた。

(これって以前私が買わなかった本?)

「坊主、セージだったか。この本も読めるのか?」

「はい、読めますけど、『英雄ゴランと崖の上の人魚』って続編ですかね? 次は、『神学論入門』です。最後はぁあぁあああ!」

「どうしたの!?」

急に変な叫び声を上げるセージにヤナが驚く。

ヤナがそんな表情を見せるのは珍しいのだが、セージはそれどころではない。

「ダンさん、ちょっと本を開いてみてもいいですか?」

「ああ、少しならな。大切に扱ってくれ」

セージはそろりと開いて、数ページめくり、そっと閉じる。

(セージが驚くことって何が書いてあるの?)

「これはいくらですか?」

「金貨一枚だ」

「買います。今はお金がないのですが、必ず持ってきますので取り置いていてください」

金貨一枚は百万円ほどの価値だ。

最近金回りがいいセージにとっても大きな額だが、それでも安いと思えるほどの本で買うと即決した。

その姿を見て、ヤナは自分が買おうと決意する。

(金貨一枚で、セージが驚くことが書いてあるなら安い。それを教えてもらうためには私が買うしかない)

「私が買う。だから代わりに読んで」

「えっ？　金貨一枚ですよ？」

「いい。この本には何が書いてある？」

「表紙には『魔法呪文学～基礎編～』と書いてあります。特級魔法の呪文がいくつか載っていて、その意味の解説が書いてあるようですね」

その言葉にヤナは絶句した。その姿を見て何やら嬉しそうにセージは言う。

「驚きですよね。こんな本に出会えるなんて運がいいです」

「本当にそれが読める？」

「これなら確実ですね。エルフの本を読むより断然楽ですよ」

(エルフの本より楽って、ハイエルフ語も読めるの!?　セージって何者？　本当に人族？)

ハイエルフの言語はヤナでも読めない。その言語は失われたのである。

二百年以上生きている世代のエルフで、わずかに単語が読める者がいるくらいだ。

「他にも好きな本を買って。金貨は三枚ある」

「金貨三枚って、そんな大金いいんですか？」

金貨三枚はヤナにとっても大金であるが、それがどうでもよくなるような話だった。

「いい。好きなもの選んで。お金が足りなかったら後から買いに来るから」

（金貨三枚くらい、この本を完全に読めるなら安い。金貨百枚でも絶対稼いで買うくらい）

「じゃあ、遠慮なく。今から言う本取ってもらえますか？　魔道具作成の手引きと技工師入門、魔道具一覧、中級錬金術書、あっ、そのエルフ語で書かれてるやつ、それです、あとは……」

セージは持っていた大銀貨五枚と合わせて、ちょうど金貨三枚と大銀貨五枚分になるように本を選別して購入するのであった。

＊　＊　＊　＊　＊

セージは本屋でヤナに出会った後、カイルたちのパーティーの拠点を訪れ、そのまま入り浸っていた。泊まる予定だった宿は引き払ってしまっているので、実質住んでいるともいえる。

カイルたちが歓迎してくれたというのもあるが、ヤナがどうしても本の内容が知りたい、議論したいと熱烈なアピールをしたからだ。

セージにとってもヤナとの議論は楽しく、ステータスの糧になる。

さらに蔵書は読めるし、カイルたちから戦いや特技のアドバイスがもらえるのでメリットが大きかった。

それに、元々ラングドン領にはしばらく帰らないつもりでいたため、好都合だったこともある。

帰らないのは王都からラングドン領までどれだけ急いでも一週間はかかるからだ。

合格発表は一か月後なのでラングドン領まで帰るのは可能だが、すぐに王都に戻らないといけない。

飛行魔導船を使えば翌日には到着するのだが、料金は高いし運航頻度も少ない。

当主のノーマンから、仕事はいいから王都で情報収集をしてこい、と言われ、ありがたく観光させてもらうことにしたのである。

カイルパーティーの家に住み始めて、セージはゆったりとした生活を送っていた。

ヤナとの議論やハイエルフ語や神の言語で書かれた蔵書の読み聞かせはもちろん、王都の店を覗いたり、料理を振る舞ったり、カイルたちに馴染《なじ》んでいた。

そして、一週間後カイルたちのパーティーと一緒に依頼を受けることになった。

これはヤナとセージの訓練も含めたものである。

魔法は書物を読むだけで使えるようになるわけではないからだ。

繰り返しの訓練によって必要な時に、確実に発動できるようにしなければならない。

戦いの中で不発なんてことになれば魔法使いに対する信頼がなくなってしまう。

発動するかどうかは試してみないとわからないのだが、王都の住宅街で特級魔法を放つわけにはいかない。

そこで、王都の近くで受けられる依頼を選び、依頼達成を目指すと同時に、魔法訓練をしようと提案されたのである。

「今回はギガトレントの討伐だ。条件は、討伐二十体以上、期限は七日以内だ。俺たちのランクなら難しくないクエストだが、油断せずにいこう」

カイルが冒険者ギルドで受注してきた内容を伝えてくれる。ギガトレントとは木の魔物のことで、移動は遅いが枝による攻撃は速くてリーチも長い。

動物系とは動きが全く異なるので慣れないうちは手強《てごわ》い相手である。

ただ、ヤナの練習とセージのランク上げにはちょうどいいくらいの魔物だ。

ちなみに、セージは十二歳になったので、冒険者ギルドに一緒についていって登録し、冒険者になった。

（ちょっと拍子抜けだな。見た目は子供だし、絡まれたり受付の人に止められたりするのかと思って少し期待していたのに）

荒くれ者に絡まれることもなく、受付の若い男性も丁寧に対応してくれたのだ。

実は十二歳で登録する少年は結構いるため珍しいことではない。

登録するとギルドのカードが支給されて、それを持っていると、倒した魔物の種類と数が記録される。

その記録によって討伐数がわかるため、ギルドで依頼の完了などの確認ができるのだ。

金が支払われるのは、魔物を倒す、依頼を完了させる、素材を持ち帰るの三種類だ。

（ゲームで魔物を倒したら金が手に入るのが不思議だったけど、こういう仕組みだったのか。魔物を倒した分だけギルドから支払われると。まぁ魔物を倒したら逃げるし、追い掛けて狩ってもギガトレントなんて持ち帰るのは無理だし、倒すだけで金が支払われるシステムじゃないと成り立たないよな)

魔物が現れる場所を放置すると、どんどん勢力を拡大して町が襲われることがある。

魔物を倒せば一定期間出現しなくなるので、それを防ぐことが可能だ。

なので、ギルドは討伐数をきっちり把握してデータを蓄積し、町が襲われる事態にならないように日々管理している。

この世界では非常に重要な組織であった。

「ギガトレント二十体なんて余裕じゃん。そんなの一日で終わっちゃうよ。それ報酬安いんじゃない？　もうちょっといいのを選ぼうよー、バーンと稼げるやつをさぁ」

カイルの選んだ依頼にミュリエルが不満げな声を出す。

パーティーメンバーは七年前と変わらず、カイル、ヤナ、ミュリエル、マルコム、ジェイクの五人だ。

「ミュリ、今回は魔法の訓練も兼ねているんだ。実際に戦闘で使ってみないと高レベルの魔物相手に戦術として組み込めない。それにセージもいる」

「それはわかるけどさぁ。ギガトレントなんてそんなに必要ないじゃん。中級の杖《つえ》とかの素材くらい？　ビッグホーンなら肉が食べれるのになぁ。マルコムもそう思うでしょ？」

話を振られた背の低い男、マルコムが呆《あき》れたように答える。

「ビッグホーンってラングドン領とベルルーク領の境にいるやつでしょ？　訓練でそこまで遠くに行くのもな。ギガトレントの討伐依頼は王都の南西の森だから近くていいね」

「えー、マルコム肉好きじゃん」

「ミュリ、不満ばかり言ってないで行くぞ」

カイルの言葉に「はいはい」とミュリエルが言って移動し始めた。

ジェイクは何も言わなかったのだが、異論がある時は自分から言うタイプだ。

マルコムは意見を言うが判断はしないし、ヤナは魔法以外にあまり興味を示さない。

ミュリエルは金と遊び優先で最も冒険者らしい。

カイルはしっかり者で慎重派だが、意見を取り入れ判断するリーダーらしさがあった。

（カイルがリーダーっていうのは納得、というか他の選択肢がないよな）

そんなことを考えつつ、カイルと打ち合わせをしながら歩く。

「支援もできないし経験値も入らないが、本当にパーティーを組まなくていいんだな？　三人ずつ分けることはできるぞ」

この世界はパーティーを組むことができ、一組あたり五人が限度だ。

今回は六人なので前衛後衛バランスよく分けようとカイルが提案したのである。

パーティーのメリットとして、回復魔法が遠距離で可能になることが大きい。

パーティーメンバーでなければその人に触れる必要がある。しかし、戦闘中に前衛から回復してくれと言われて回復役が前に行くなんてことは無理である。

実質、パーティーでなければ戦闘中に回復を受けられなくなるのだ。

他にもステータス上昇のバフなどをかけられるなどメリットは大きい。

それでもセージは断っている。

「はい。むしろ経験値を得たくないんです。ギガトレントはいいんですが、他に倒したくない魔物がいるんですよね。わがままで申し訳ないんですが、レベルよりランクを上げたいんです」

セージの場合は下級職全てをマスターしており、自分で回復もこなすことができる。

もちろん、回復をしてもらえるなら楽だが、自分で倒さずに経験値だけ貰《もら》ったり、レベルに適さない魔物を倒すとランク上げの妨げになる。だから、むしろパーティーに入れないでほしいのだ。

ただ、ギガトレントは積極的に狩って、それ以外は押し付けるということであり、褒められた行為ではない。

「俺たちは上限まで上げているから気にするな。余裕があれば止《とど》めをセージに譲れるように配慮しよう」

「ありがとうございます」

話をしながらしばらく歩いてもギガトレントは現れず、静かな森を進んでいた。

「おかしいな。この辺りにギガトレントが生息していたはずなんだが」

「そうだね。誰かが狩ったにしても静かすぎるかな？　生息地が変わった？」

カイルとマルコムが真剣に話しているが、ミュリエルは戦闘準備に飽きて気を抜いている。

「セージってランク重視派なんだね。あたしは面倒臭くて嫌だったけどなぁ。聖騎士になるために仕方なく聖職者になったけどさ、すっごく力は下がるし呪文は覚えなきゃいけないしー」

「でも、回復魔法は必ず役に立ちますよね。自分ですぐに回復できたら安心感がありますから」

「その通りだ。ミュリもセージを見習え」

頷きながら話に加わるカイルに、ミュリエルは不満そうな顔を向ける。

「カイルも嫌そうにしてたくせに」

「おい、俺はちゃんと回復魔法も訓練していただろ。まぁ、攻撃力が下がって戸惑いはしたがな」

「ほらほらー。セージは聖騎士だけど魔法使いタイプだよね？　鍛えたりするの嫌とか思わないの？」

「ランク上げのために前衛の動きも大事だと思ってますから」

「ええー。ランクランクって言うけどレベル上げたくならない？　レベルが上がったら魔物を速攻で倒したりとかできるしさー」

「レベルも上げたいですが、ランクを優先させているだけですね」

セージもレベルを上げたくないわけではない。魔物との戦いには生死が懸かっている。より安全に倒すためにはレベルを上げたい。

ランクを上げるのが困難になるからレベルを優先して上げないだけだ。

ちなみにセージは、ゲームではボスに勝つか負けるかギリギリの勝負をしたいために低レベルで挑んだりもしていたタイプである。

この世界でそんなことをしていたら命がいくつあっても足りないので、低レベルクリアを目指すつもりはなかったが。

「ふーん。珍しいよねー。あっ、あと魔法って……」

「そろそろおしゃべりはお終《しま》いかな？」

「なに？　もう出てきた？」

「うん。かなり多いみたいだね。急にこれはちょっと不自然かな。戦闘準備は大丈夫？」

辺りを警戒していたマルコムが緩やかに言うと同時に全員が戦闘準備をする。

「それは期待できるね！　少しは楽しめるかも」

そう言いながらミュリエルは武器や防具の点検をする。全員自分の点検とパーティー内でお互いの点検を手早く済ませた。

「無茶《むちゃ》はするなよ、ミュリ。ボスがいる可能性だってある。慎重にいこう。様子を見て、場合によっては撤退する。セージは連携が取りにくいだろう。無理に戦う必要はない。戦いが安定したら俺がサポートする」

「わかりました。ありがとうございます。基本は後衛ですが、前衛としてもある程度は戦えますので」

「そうか、気を付けろよ」

セージは頷いて呪文を唱え始める。

すでにギガトレントが近づいてきており、ミュリエルは接敵していた。

両側から襲いかかるギガトレントの枝を盾で受け、剣で打ち払い、返す剣で攻撃を入れると横跳びし、別のギガトレントに斬りかかる。

ミュリエルの後ろにカイルが入り、攻撃のサポートをしている。

その間に、攻撃力や素早さを上げるバフをジェイクが行い、マルコムはギガトレントに攻撃しながら誘導していた。

そして前衛が一旦下がった瞬間にヤナの発動した魔法『フレイム』が辺りを焼き払う。

（さすが、息の合った連携だな。魔法は強力な分、発動時間とかＭＰの問題があるし、近接攻撃だけでは単体攻撃になるから、数が多いと囲まれたりするし。カイルたちは上手《うま》く補い合ってるなぁ。一気に集まらないよう遊撃や中距離で牽制《けんせい》もされているし、正直入る余地がない。ちょっと別で戦いに行くか）

セージは少し離れたところにいたギガトレントに攻撃を仕掛けるため走り寄る。

ギガトレントは長い枝を振り下ろす攻撃を繰り出し、セージは盾を使って受け流した。

そして、ちらりとＨＰを見る。

ＨＰ６９１／７２０の表示を見て、軽く攻撃を入れるとすぐに下がった。

（０ダメージを目指してしっかり受け流したつもりなんだけど29ダメージか。直撃したら１００ダメージくらい？　戦えるかもしれないけど、近接戦はやめておこう。無理はしたくないし）

バフをかけても剣では倒すのに時間がかかる上にダメージも受ける。

この状況で無茶をすべきではないと判断した。

セージは近接戦にならないよう位置取りに気を配り、距離を取ってから上級火魔法『フレイム』

を放つ。

せっかくなので特級魔法を使いたかったが、火魔法の場合は特級魔法より上級魔法の方が範囲が広い。魔物の数が多い場合は『フレイム』が有用だった。

（トレント系は動きが遅いから逃げるのは余裕そうだな。しかし、ギガトレントになると上級魔法でもやはり一発では倒せないか。火に弱いはずなのにさすがだな。今までgrandis修飾魔法詞かつ弱点をついた上級魔法ですぐに倒せていたけど、レベル40以上推奨の魔物になると厳しいか）

そんなことを考えながら、もう一発放ちギガトレントを倒す。巻き込まれた数体のギガトレントも倒れた。

（そもそもFSシリーズ初期ならレベル40ぐらいってボスを倒しているレベルだし。そりゃ魔物も強いよな）

セージは周囲を警戒しつつ、次に来たギガトレントが一体だけであることをよく確認して、特級魔法を放つ。

「インフェルノ」

その言葉の直後、業炎の柱が立ち上りギガトレントを包み込む。効果範囲はフレイムより狭いが強力であった。

（特級魔法なら一撃か。でも二体以上まとまってるならgrandis修飾フレイムを二回が効率的かな）

周りにギガトレントがいなくなり一息つく。

（ただ、やっぱり仲間が一か所に集めてくれたりした方が効率的な戦いになるか。ランク上げのためにソロで活動してるけど、さっきの連携を見ると羨ましくなるなぁ。それに、ビッグタートルとかギガトレントは動きが遅いからいいけど、素早いコング系とか群れで来られたら詰みそう。パーティーも考えた方がいいよな。その場合、俺は後衛？　前衛にもなれたらいいんだけど）

「セージ、大丈夫か？　戦闘中、こっちの声は全く聞こえてなかったようだが」

カイルたちの方も戦闘が終わり、近づいてきてくれていた。戦闘中に声をかけても反応がなかったので心配していたのだ。

「すみません、ちょっと考え事をしていまして」

「戦いながら考え事とは余裕だな」

「癖みたいなものですよ。ずっと一人だったので。気を付けますね。カイルさんたちこそ余裕そうですね」

「こう見えても一級冒険者だからな。ギガトレントの群れくらいに後れはとらないさ。っと、どうしたヤナ」

カイルの後ろでじっとセージを見ていたヤナが、待ちきれなくなったのかカイルの服を引っ張った。

「セージにお願いがある」

「あぁまたか。すまないなセージ」

「構いませんよ。ヤナさん、どうかしましたか？」

「唱えている呪文を聞かせてほしい」

ヤナが頭を下げてお願いをする。

その姿にセージは驚いたが、それよりもカイルたちの方が衝撃を受けていた。

エルフ族は基本的にプライドが高く高慢な者が多い。

ヤナは日常ではそういった傾向はなかったが、魔法に関してはプライドを持っていると感じることが多かったのだ。

セージと出会ってからその部分も柔軟になってきたと思ってはいたが、頭を下げるところは初めて見たのである。

実際ヤナは自分より優秀な魔法使いなんて人族にいないと思っていた。ヤナはエルフ族の中でもトップレベルの魔法使いだったからだ。

そして、人族の町に出てさらに魔法に磨きをかけた。

里に籠っているエルフたちより魔法使いとして成長し、誰にも負けないという自負を持つようになっていた。実際に自分より上だと思う者に出会ったことはなかった。

それを壊したのがセージだ。

魔法学について対等に議論でき、言語学、自然学、数学において、先を行くセージに敬意を持っていた。

それに呪文は魔法使いにとって財産なので、頭を下げられようが普通は教えないものである。

魔法で戦う者は常にどう発音すれば早く確実に魔法が発動するかを考えている。

それは努力の結晶なので戦闘中も他者に聞こえないよう小声で発音する。

パーティー戦の時、仲間に何を発動するか知らせるため一部を大きな声で唱える場合もあるが、基本は小声だ。

セージは常に隠れて戦っていたため、敵に魔法を悟られないよう、囁《ささや》くように発音している。

「呪文を速く唱えることは魔法の技術。聞くのは非常識とわかってる。ただ、セージの魔法の発動速度は速すぎる。一度でいいから聞かせてほしい」

（あっ、聞くのは非常識なんだ。よかった。レベッカさんに特級魔法の呪文のこととか聞かなくて）

セージは教えることに関して忌避感がなかったので、全然違うところでホッとしていた。

「もちろんいいですよ。ヤナさんにはお世話になっていますし。少し進んでギガトレントを見つけましょうか」

ヤナはコクリと頷いて、全員で森の奥に進む。

少し進むとまたわらわらとギガトレントが集まってきた。

セージは横から来る魔物をカイルたちに任せて目の前の敵に集中する。

「Lieru ignis magnus ardens flamma mare ante hostium フレイム」

隣にいるヤナに聞こえるよう呪文を唱えた。

手を向けた方向にいるギガトレントを中心にして燃え盛る炎が出現する。

それを繰り返すこと二回。

そのあとは戦っているカイルたちの支援を行い、周囲の魔物を倒しきった。

「すみません。横取りしちゃって」

セージはカイルに向かって、支援中に一体倒してしまったことを謝る。

「全然構わない。俺たちはランクもレベルも上限だって言っただろ。それに、討伐数なんて誤差みたいなもんだ。しかし、セージは本当に魔法の発動が速いな。それに正確で威力も高い。魔法使いとしてなら一級だろう。それで、ヤナ、どうだった？　発動が速くなるなら連携を考えるが」

セージの呪文を聞いてから呆然《ぼうぜん》としていたヤナは、カイルに話しかけられて我に返る。

「無理。速すぎて理解できなかった」

その言葉にカイルが驚く。

「それほどか。速いと思ってはいたが」

「でも、まだまだ先があることがわかった。それだけでもいい」

ヤナの魔法発動速度は速い。上級魔法では十秒以内に発動できる。

『Lieru ignis magnus ardens flamma mare ante hostium フレイム』は「リエル　イグニス　マグナス　アルデンス……」と発音していき、一つ一つの単語の間を切るのが普通だ。もちろん発音方法もローマ字とは異なるため難しい。

さらに、あまり早口で発音したり、間違った発音をしたりすると発動しないことがある。

発動する範囲でできるだけ速く唱えるのが魔法使いの腕になるのだ。

初心者では不発にならないよう、立ち止まって集中しながら一つ一つの単語を丁寧に発音するので、初級魔法でさえ発動に十秒近くかかる。

ヤナは戦闘中での上級魔法で十秒は速いと自負していた。

それはセージに打ち砕かれたのだが。

セージは五秒程度だ。

「リエリグニマグナサデン……」といった感じにヤナには聞こえていた。

セージがソロで素早く敵を倒していけるのは、この魔法発動速度にある。

一つ一つの単語を切らない発音をしているため、呪文を唱えている間の隙が少ない。

さらに、セージは戦闘しながら発動できる。

「ヤナさんもできると思いますけど。綺麗な発音していますし」

セージは素直な感想を述べたのだが、ヤナは真顔でセージを見てため息をついた。

その時、警戒にあたっていたマルコムが声を上げる。

「これはなかなか多い団体さんが来たよ。ギガトレントとスプリングキラー、合計三十体くらい？

スプリングキラーの動きと麻痺《まひ》攻撃は厄介だね。カイル、どうする？」

カイルは一瞬考えて決断した。

「撤退する。俺が最後尾。ヤナとジェイクは俺のサポート、マルコムとミュリは先頭、その後ろにセージだ」

カイルはセージもいるため無理すべきじゃないと考えたのだ。

決断の早さはパーティーの安全性を高めると考えているため、すぐに判断するよう心掛けていた。

セージはミュリエルがごねるのかと思っていたが、意外にもすぐに対応していた。

（おおっ、さすが高ランクパーティー。対応が早い。俺も遅れないようにしないと）

走り出したとたん、マルコムが今までにない緊張感のある声を出す。

「前からフォレストウルフ十体！　まだ増えるかも！　どうする！」

「戦闘に入る！　俺とヤナで後ろを抑える！　ミュリ、マルコム、セージはフォレストウルフ、ジェイクは全体のサポート！　セージ、無理するなよ！」

すぐに指示を出すカイルにセージは「はい！」と返事をする。

「まかせて！　マルコム、セージ、援護してね！」

ミュリエルがジェイクの支援を確認するためタタッとステップを踏む。そして、先頭のフォレストウルフに飛び込み剣閃を走らせた。

右側にいた魔物がまとめて二体吹き飛んだが、左側からミュリエルに嚙《か》みつこうとフォレストウルフが飛びかかる。

それをマルコムが盾で受け止めて斬り払い、ミュリエルがそいつに向かって突きを放つ。

飛ばされていくフォレストウルフには目もくれず、横からの攻撃に剣を合わせる。

マルコムは、ミュリエルの後ろに迫っていたフォレストウルフを蹴り飛ばしていた。

(すごいな。フォレストウルフの群れ相手に二人で戦えてる。連携が良すぎてどう入ればいいかわからん。とりあえず魔法の準備はできたんだけどどうやって伝えよう)

呪文の後に言う『ファイアランス』や『フレイム』などの言葉が発動の合図になるのだが、その間に何か別の言葉を挟むと魔法がリセットされてしまう。

しかし、勝手に発動したら仲間を巻き込む危険がある。

言葉を発することができずセージが迷っていると、マルコムが戦いの合間にセージの方を見た。

（助かった！　さすがマルコムさん！）

セージが魔法を放つポーズで頷くと、マルコムは「引くよ！」と鋭い声を出し、それを聞いたミュリエルは反射的に後方に飛んだ。

その瞬間、セージは魔物に向けて『フレイム』を放つ。

多くのフォレストウルフは『フレイム』に巻き込まれて逃げていった。

「いいよ！　そんな感じ！」

「はい！」

「次はキラードッグが来た！」

「りょーかいっ！」

フォレストウルフの生き残りにキラードッグの群れが合流する。

すぐにミュリエルはキラードッグへ斬り込み、マルコムはそのサポートにまわった。

一体のキラードッグがセージを狙い駆けてきたのを見て呪文を切り替える。

（雑魚《ざこ》だとヘイト管理もできないし後衛でもターゲットにされるか。仕方ない）

セージは飛び込んできたキラードッグを避けてカウンターを入れようとするが、突如として繰り出された爪の攻撃が肩に当たる。

よろけながら振るわれた剣はキラードッグの後ろ脚に当たったが、ダメージは小さそうだ。

（このっ！）

「ウィンドバレット」

数十もの空気の礫《つぶて》が放たれる。キラードッグは素早く避けようとしたが、避けきることはできない。

「メガスラッシュ」

礫が当たった直後を狙い、戦士の特技を放つ。

頭にウィンドバレットが当たったばかりのキラードッグは、反応できずに首に攻撃を受けて地面に転がった。

(首に入ったからクリティカル判定になるはずだけど、倒せたのか?)

呪文を唱えながら警戒していたが、キラードッグはすぐに起き上がると逃げていった。

(ふぅ、耐久力がないやつでよかった。よし、次にいこう)

その時マルコムが声を上げる。

「次はリーフタートルとキラーベアが来た!」

「厄介なやつが来たね! リーフタートルは硬すぎだよ! セージ! とりあえず残ったキラードッグに魔法いける!?」

セージは手を上げて頷くと二人が飛び退き、キラードッグに向けて『フレイム』を発動する。

「次はリーフタートルに魔法をお願い!」

そう言い残すと燃え盛る炎が消えるタイミングで飛び出し、キラーベアに剣を一閃《いっせん》。すぐに離れて別のやつに斬りかかる。

ミュリエルは蝶《ちょう》のように舞いながら着実にダメージを与えて、マルコムは影のように動きサポートをしていた。

（やっぱり近接戦闘には混ざれる気がしない。俺はとりあえず後方でフレイム連発でいいか。リーフタートルは弱点氷なんだけどな。こんなことなら氷魔法が使える魔導士になっておくんだった）

セージは『ステルス』を使って隠れながら呪文を唱え続ける。

キラーベアはミュリエルとマルコムが全て受け持ってくれているため、動きの遅いリーフタートルはセージの的でしかない。

（あれっ？　また魔物が来た。こんな感じの連戦ってボス戦の前っぽいな。キラービーは出現するって聞いてないし）

「今度はキラービーとウッドランサー！　ミュリ！　キラービーの麻痺に気を付けて！　この数は対応しきれない！」

キラービーとウッドランサー、合わせて二十体が押し寄せてくる。

「セージ！　キラービー狙いでよろしく！」

セージはピシッと敬礼をして返事をする。

（でも手っ取り早く魔法を当てるには範囲攻撃だよな。キラービーは風に強いし、フレイムは高さがないからなぁ。ウッドランサーは水に強いけど、まぁいいか。両方とも魔法耐性も耐久性も低いし、それなりに効くだろ）

セージは近づいてくる魔物がいないか警戒しながら、覚えたばかりの水系特級魔法の呪文を唱えた。

　そして、マルコムに合図を送る。

　ミュリエルとマルコムが下がった瞬間に発動。

「タイダルウェーブ」

　壁のようにせり上がった水が敵に襲いかかる。

　飛び上がって避けたキラービーが数体いたが、ほとんどが水の壁に巻き込まれ、大ダメージ受けて逃げていった。

（威力はあるけど、思ったより効果範囲が狭いなぁ）

「わお！　セージ、すごいね！　マルコム、分かれて狩ろう！」

「了解。魔物の群れも収まったようだし、やっと退路ができるかな」

　ミュリエルとマルコムが残党狩りを行っていると、突然カイルが叫んだ。

「ボスが現れた！　エルダートレントだ！　マルコム、ミュリ、セージ、来い！」

「了解！」

　最後のキラービーを吹き飛ばしてカイルのもとに駆けつけようとしたミュリエルとマルコムが一瞬止まり、バッと同時に振り返る。

「こっちもボス！　キラーパンサー！」

「ジェイクのバフが切れてる！　ボスは別々だ！」

　ミュリエルとマルコムが焦りを滲《にじ》ませて叫んだ。

稀《まれ》にボスが二体同時に出現することがある。同じ範囲に二体出ることもあれば、別の範囲で出現することもある。

そして、ボスの領域を隔てて能力を上げるバフや回復魔法を使うことはできない。

今回はバフが切れているため、後者の場合ということだ。

そして、セージはその言葉に困惑していた。

(えっ？　ボスの範囲に入った感覚なかったけど？)

「二体同時か！　くそっ！　セージはどっちだ！」

「たぶん、どっちにも入ってません！」

「そうか！　じゃあセージは……」

カイルはそこまで言って迷いが出た。

選択肢は三つ。

一人で逃げるか、カイルの方に入るか、ミュリエルの方に入るか。

物理ダメージに弱いセージを一人で逃がすより、そしてキラーパンサーと戦うより、エルダートレント相手にカイル側で戦った方が安全だ。

カイルはセージに来いと言おうとしたが、そうするとミュリエルとマルコムが二人だけになる。

この二人でキラーパンサーを相手にするのは危険だった。

回復役のメインはカイルとジェイク、サブがヤナである。マルコムとミュリエルは一応使えるものの回復のタイミングなどには慣れておらず、ＭＰもパーティーの中では低い。

ボスを倒して援護に向かうとしても、エルダートレントは耐久力があってすぐには倒せない。その上、カイルとジェイクのペアの方が防御型で、マルコムとミュリエルの方が攻撃型だ。

セージを呼ぶべきだが、マルコムとミュリエルを助けに行ってほしいとカイルは思ってしまった。

(戦力的にミュリチームかな。キラーパンサーは耐久力はないけど、攻撃力が高くて素早いのが難点だな。今のステータスなら一撃死はないけど、狙われたらヤバい。気を付けないと)

セージは珍しく迷いを見せたカイルに叫ぶ。

「ミュリさんの方に行きます！」

先にキラーパンサーを倒して、カイルたちと一緒に戦うのが攻略法として正しいとセージは考えた。

カイルは本当にそれで正しいのかと逡巡したが、すぐに切り替えて返事をする。

「頼んだ！」

セージはミュリエルたちに向かって走るとすぐにボスの領域に入った感覚があった。

「パーティー申請出しました！」

「わかった！　ありがと！」

「来てくれて助かるけど、本当によかったの？」

「何がですか？　早く倒してカイルさんたちを手伝いに行きましょう！」

マルコムは厳しい戦いになると思っていたが、セージの中では倒すことが前提で早さを求めていた。

マルコムはちらりとセージを見る。セージの顔には怯《おび》えも焦りも緊張もなく、淡々とキラーパンサーを見据えて呪文を唱えていた。

マルコムは自分の方が緊張していたことに気が付き、少し笑って「そうだね」と答える。

「マルコム、セージ、来るよ！」

ミュリエルが注意を促した。

じりじりと警戒しながら寄ってきていたキラーパンサーは、その言葉が合図となったように飛びかかってくる。

切り裂こうとする爪をミュリエルが盾でいなして、反撃の剣を振るう。

キラーパンサーはそれをひらりと躱《かわ》したが、その先にいたのはマルコムだ。

「メガスラッシュ」

マルコムの特技が直撃する。

しかし、マルコムのＳＴＲでは大ダメージとはいかず、キラーパンサーの反撃を受けた。

小柄で近接戦闘向きではない職業のマルコムでは、メインアタッカーとしての役割は荷が重い。

ミュリエルが割り込むように攻撃したが、キラーパンサーはバックステップで避けた。

その瞬間、セージの魔法が発動する。

「インフェルノ」

着地したばかりのキラーパンサーに業火の炎柱が襲いかかった。

ミュリエルとマルコムが特級魔法に驚く中、セージはマルコムにお願いする。

「マルコムさん。ハウリングをお願いしてもいいですか？」

マルコムはミュリエルとセージを見比べて呟《つぶや》くように言った。

「僕が？」

＊　＊　＊　＊　＊

～Ｓｉｄｅ　マルコム～

マルコムは種族としては人族だったが、祖母が小人族だった影響で人族の中では女性を含めた中でも小柄だった。

そして、それはステータスにも影響する。

素早くて器用だが、力はないし魔力も少ない。

冒険者に向いているとは言えなかった。

それでも冒険に憧れて冒険者になり、今では一級冒険者パーティーの一員として活動できている。

それは職業が万能タイプだったからだ。下級職をマスターし、中級職の暗殺者として技能を磨いてきた。

中衛としての戦いを得意としているが、前衛でも後衛でも戦える万能さが売りだ。

そんなマルコムから見てセージは、焦りを覚える相手だった。

下級職全てをマスターしている上に、魔法の発動速度は誰よりも速い。

一緒に戦ってみると聖騎士のはずのセージが、暗殺者の特技を使っていることがマルコムにはわかった。

さらには、『ダイダルウェーブ』などの特級魔法を使いこなし、格上の魔物を目の前にして臆することのない胆力もある。

近接戦闘ではまだ負けないだろうが、セージはまだ十二歳の人族だ。マルコムの攻撃力は五年もかからず抜かれてしまう可能性が高い。

(本当に優秀だよね。引退を考えるべきなのかなぁ)

ミュリエルの動きを考えながらキラーパンサーの死角に入るように動き、剣を振りかぶる。

キラーパンサーがミュリエルの剣を避けて飛んだ瞬間に特技を発動した。

「メガスラッシュ」

マルコムの剣が吸い込まれるようにキラーパンサーを捉えたが、想定していたほど大きなダメージが入った感触はない。

キラーパンサーからの反撃を持ち前の素早さを発揮して直撃を避ける。しかし、ダメージはそれなりに入った。

(ホントにこの前衛に向いてない体が嫌になるね!)

続くキラーパンサーの三連撃を凌《しの》ぐと、ミュリエルがフォローを入れる。

それをキラーパンサーがバックステップで避けた瞬間、セージの魔法が発動した。

「インフェルノ」

目の前に立ち上がる業炎に驚いて飛び退く。

(強烈だなぁ。特級魔法ってこうも簡単に発動できるもの?)

巨大な火柱を見るマルコムに、セージがさっと近づいて言った。

「マルコムさん。ハウリングをお願いします」

『ハウリング』は普通、パーティーで盾の役割をする者が、敵の注意を引くために使う戦士の特技だ。

(盾役? 耐久力がないのに?)

マルコムの頭は疑問でいっぱいになり隣を見たが、ミュリエルの顔にも疑問が張り付いている。

「僕が? ミュリじゃなくて?」

マルコムはセージに視線を戻して答えた。

しかし、セージはそんな疑問には構わず木工師ジッロが彫金した腕輪を渡し、一方的に説明する。

「はい。これを装備して、これを飲んで、さらにAGI上げますので。攻撃を全て避けて『カウンター』です。ミュリさんは全力で攻撃です」

セージはそう伝えると呪文を唱えながら素早く逃げて隠れた。

早く倒すために効率的だと考えてセージは提案したのだが、二人に残されたのは困惑だ。

ただ、言われた通りに腕輪を装備して、薬を飲む。

(全て避けて反撃って無茶な。いくらAGIが上がっても避けきれないって)

そうはいってもキラーパンサーは待ってくれない。

インフェルノが消えると防御の姿勢をとっていたキラーパンサーが弾けるように起き上がって唸《うな》る。

マルコムが『ハウリング』と呟いた時にはすでに駆け出していた。

(まったくこんな無茶は久しぶりだね！)

一級冒険者になってからは、イレギュラーな事態に遭遇することは少なくなっていた。

経験を積んで対応力が上がったのもあるが、依頼料が高くなって何が起こるかわからない調査依頼などが減ったことが大きい。

マルコムは久々の無茶振りに笑みを浮かべる。

それは、無茶に挑むスリルからか、セージからの信頼が嬉しかったからか。

キラーパンサーがセージの方に行こうとした瞬間、大声を出す。

「子猫ちゃん、遊んであげるよっ！」

キラーパンサーの視線がマルコムに向き、威圧を感じる。それと同時にミュリエルの視線も感じたが気にしないでおく。

(さて、とりあえず回避に集中しようかなっと)

キラーパンサーの突進を避けるため横に踏み込んだ。

(あれっ？　これって……)

相手の動きが明確に見えた。咄嗟に、踏み出した足と反対方向に飛ぶ。

キラーパンサーもその動きに反応したが、マルコムは爪攻撃を予測して、盾で受け流しながら反撃の刃《やいば》を入れた。

その動きにはわずかな余裕がある。

キラーパンサーが体を捻《ひね》り、マルコムに噛みつこうとした瞬間、ミュリエルの剣撃が襲いかかった。

「メガスラッシュ」

首を断ち切る勢いで振るわれた剣にキラーパンサーは呻《うめ》き声《ごえ》を漏らす。

その隙に二人は追撃しようと剣を振るうが、キラーパンサーは大きく後ろに飛び退いた。

その瞬間、キラーパンサーは再び『インフェルノ』に呑《の》み込《こ》まれる。

立ち上る業火を前にしてマルコムは高揚していた。

(ホントにすごい！　なにこれ!?　バフが二回かかってるの!?)

マルコムの速度が大幅に上がったのはセージが小技を使った奥の手として用意していたものだった。

基本的に素早さを上げるバフは重ね掛けできない。バフを二回使っても効果の時間が延びるだけだ。

AGIを1・5倍にして素早さ計算をするという、ステータス変動のないシステムが原因だ。

しかし、アイテムの高品質『疾風薬《しっぷうやく》』はAGI＋100、戦闘前に渡した装備の効果はAGIを1・2倍にするというものだ。

AGIの値を変化させてからバフをかけると、バフを二重掛けしたかのような効果を得ることができる。

（この技教えてほしい！）

「マルコム！　回復はどっちがする!?」

「えっと、そうだな……」

ミュリエルがマルコムに問いかける。しかし、マルコムは悩んだ。

（回復魔法に気を取られてたら戦えないし、ミュリに頼みたいけど苦手だしなぁ）

ミュリエルは今の状況が把握できておらず、マルコムは普段カイルに任せていたので判断することが苦手だ。

そうしているうちにキラーパンサーが跳ね起きる。

仕方なく自分が回復しようと言葉を発しかけたとき、マルコムのＨＰが回復した。

マルコムは口を閉じてミュリエルをちらりと見る。ミュリエルも気づいている様子であった。

セージに任せよう、という意味を込めて頷き合う。

そして、キラーパンサーを迎え撃つため、ミュリエルは回り込むように動き、マルコムは構えて軽くステップを踏んだ。

（うん、やっぱりバフ二倍みたい。これならいけるかも）

セージの言葉通り、攻撃を全て避けてカウンターを実行しようと考える。

カウンターは武闘士の特技だ。発動後、攻撃を避けると同時に攻撃を当てれば１・５倍ダメージになる。

しかし、相手の攻撃がわずかでも当たればキャンセルされるため、使いどころが難しい特技だ。MPの消費が小さいとはいえダメージ倍率はメガスラッシュと同じなので、あまり使われない特技でもある。

(ここまでしてくれたんだから冒険者の先輩として頑張らないとねっ!)

マルコムは「カウンター!」とミュリエルにわかるように声を出す。

あと五メートルというところまで近づいたキラーパンサーは急加速し、一瞬で距離を詰める。

それを読んでいたマルコムは真横に飛んで体を捻り着地。

キラーパンサーはその動きに反応してほぼ直角に曲がってくるが、マルコムはさらに反対方向にジャンプ。キラーパンサーの攻撃を避ける、と同時に剣を背中に突き立てた。

カウンターが決まり、ダメージを与える。

「グルゥオ!」

キラーパンサーは苛立《いらだ》ったように唸りながら、回転するように後ろ脚で蹴りを繰り出す。

その攻撃はマルコムが着地するのと同時に放たれたため避けることができない。

仕方なく盾で防いで後ろに下がった。

(さすがに強烈だな!)

キラーパンサーが追撃しようとしたとき、ミュリエルが『メガスラッシュ』を放つ。

その瞬間、キラーパンサーはミュリエルの方向に急旋回。

剣が肩に当たるのを厭《いと》わず突進した。

ミュリエルは盾で防いだが、強い衝撃に思わずよろける。

そこを爪の連続攻撃による追撃。ミュリエルはその攻撃は避けられないと判断して『メガスラッシュ』を発動した。

お互いの攻撃が直撃する。

(隙あり!)

それと同時にマルコムが『フイウチ』を発動していた。攻撃が当たるまで完全に相手の視界に入らなければ2倍ダメージになる暗殺者の特技だ。

「グルァア!」

二人の攻撃により大ダメージを受けたキラーパンサーは、高速で一回転しながら爪の攻撃を繰り出した。

それと同時に「ファイアランス」という声が聞こえて魔法が一直線に飛んでくる。

「マルコムさん! ハウリング!」

セージの声が聞こえてマルコムが気づく。

(そうだ、ハウリングで注意を引かないと。今は盾役なんだった)

キラーパンサーの特技『旋風爪《せんぷうそう》』は、モーションが決まっており、発動直後すぐに動くことができない。そこにファイアランスが突き刺さった。

そんなキラーパンサーにマルコムは狩人の特技『ランダート』を発動。手に現れた矢をダーツのように投げる。

ダートの上位特技ランダートは、当たればダートの二分の一の威力で十連続ヒット扱いになる。

元々のダートの威力が低いのでキラーパンサーに対して大きなダメージは見込めないが、注意を引くために放った。

（さて、前衛の仕事をしますか！）

マルコムは『ハウリング』を発動する。

「子猫ちゃん、こっちにおいでっ！」

そう言い放ち、全てを避けきる覚悟と共に『カウンター』を発動するのであった。

＊　＊　＊　＊　＊

～Ｓｉｄｅ　カイル～

エルダートレント。

ギガトレントをさらに大きくしたその体長は軽く五メートルを超える。幹は両手を広げたサイズよりも太い巨木だ。

その枝は長く太く、そしてしなやか。振り下ろし、薙《な》ぎ払いなど、縦横無尽に襲いかかる枝が脅威の魔物である。

中級冒険者では束になってかかっても勝てないだろう。

カイルたちのような上級冒険者であっても三人で相手をするのは厳しいが、戦況は安定していた。

ただ、カイルの心には焦りと迷いがある。エルダートレントと戦ってしばらく経つがＨＰが大きく減った様子がないからだ。

エルダートレントはＨＰが半分以下になると葉が黄色に、二割以下になると赤色になると言われている。今はまだ緑のままだった。

カイルたちは今までにエルダートレントと戦ったことはなかったが、ギルドでボスに関する情報は出回っている。

ボス戦は冒険者にとって一番危険であり情報収集するのは基本だ。当然エルダートレントの色の変化のことは知っていた。

残りＨＰによって行動が変化するタイプは多いが、ここまでわかりやすい魔物は珍しいので有名でもある。

こうして相対する前はＨＰがわかるなんて戦いやすいと思っていたが、緑色のまま変わらない葉を見ると、まだ半分にも達していないのかと焦りが出てきてしまう。

しかし、今は防御重視の戦い方だ。パーティーメンバーを考えると、なかなか思い切って攻勢に出ることも難しい状態だった。

カイルは聖騎士で守りは得意だが、攻撃を積極的に行うタイプではない。ミュリエルが一番の攻撃役だ。

さらに今は前衛一人で攻撃を一手に引き受けている。なかなか攻撃に移ることができずにいた。

ヤナはエルダートレントの大技『枝葉乱舞《しようらんぶ》』に合わせて『フレイム』を発動することで、その技の威力を低減させていた。

『枝葉乱舞』の対処の方法もギルドからの情報である。三人しかいない状況で大ダメージを受けるのは厳しい。

それほど頻繁に発動されるわけではないが、ヤナは一定間隔で『フレイム』を発動できるように準備する必要がある。自由に魔法を放ち続けるわけにはいかなかった。

ジェイクは支援のバフと回復で忙しい。バフは手を使うので弓矢が持てず、回復呪文を唱えていると特技を放つことができないのだ。

タイミングを見計らって弓矢で攻撃するが、大きなダメージは見込めなかった。

(これじゃあ倒すまでにまだまだ時間がかかるぞ。ミュリたちは今どうなっている？　やはりセージはこっちに呼び寄せるべきだったか？　急がなければ)

カイルはすでに一度MP回復薬を使っていた。つまり回復魔法や特技を相当数使ったということである。

それでも青々としたエルダートレントの葉を見ると、自分が攻撃に出るしかないと思ってしまう。

(一旦攻撃に転じよう。リスクはあるが仕方ない)

「攻撃に入る！　支援してくれ！」

ムチのようにしなり襲い来る枝を受け止めた後、全力で走りエルダートレントに接近する。

「メガスラッシュ」

弱点である木のコブに剣を一閃。対するエルダートレントがカイル目掛けて枝を振り下ろす。

エルダートレントの攻撃を正面から受け止め、剣を返す。

「メガスラッシュ」

振り上げる一閃、それと同時にヤナの上級氷魔法『フロスト』がカイルの前で発動する。

普通なら一撃目で下がって、代わりにヤナの魔法が入るところだ。

しかし、今回は二撃目に加えて三撃目に入った。

(まだいける!)

「メガスラッシュ」

カイルの攻撃と同時にエルダートレントの丸太のような枝がカイルを直撃した。カイルが地面を転がる。

即座にジェイクが狩人の特技『レインアロー』を発動し、エルダートレントに矢が降り注いだ。

この攻撃によってエルダートレントの葉の色が黄色に変化する。

(やっと半分か。ペースを上げないと)

カイルはすぐに立ち上がり、少し下がって体勢を立て直した。HPが回復しているのを確認すると再び近接戦を挑もうと前に出る。

「カイル!　下がれ!」

それを止めたのはジェイクだ。

ジェイクは黒いローブの内側に鈴や木魚のような楽器、それに弓矢を装備しており、その姿は何ともちぐはぐである。

呼び止められたカイルは仕方なく後ろに下がった。

「どうした、ジェイク」

「どうしたじゃない。前に出すぎだ。ヤナにも攻撃が届いている。俺がフォローしているが、こんな状態は長く続けられない」

話している間もエルダートレントの攻撃は続く。カイルは攻撃を盾で受け止め剣で打ち払いながら答える。

「しかし、あと半分だ。攻勢を強めて……」

「焦りすぎだ」

カイルの話に被《かぶ》せるように断言すると、木魚をポクポク鳴らし始めて言った。

「仲間を信じろ」

その言葉にカイルは一瞬止まってしまい、慌てて迫る攻撃を防御した。

ジェイクは木魚のバフに加えて呪文を唱え始めており、こうなると会話はできない。

(仲間を信じろか。まさかジェイクに言われるとは)

ジェイクは、話はするが積極的に会話するタイプではなく、町に着くと基本的に一人行動を好む。パーティーを組んで長いが、カイルはジェイクの出身地さえ知らなかった。仲間意識が希薄なのかと思っていたので意外だったのである。

ジェイクに言われてカイルは自分の焦りを自覚し、少し落ち着きを取り戻す。狭まっていた視野が広がる感覚がした。

エルダートレントが『枝葉乱舞』の予備動作をした時、カイルは少しだけ前に出る。

（そうか、確かに焦っていたな。無理な攻撃をするのではなく、どこに攻撃を増やす隙があるか探せ。連携を考えろ）

目の前に『フレイム』が発動される。エルダートレントの攻撃動作が見えにくくなるが、攻撃を予測して防御の姿勢を取る。そして、『フレイム』が消えると共に踏み出した。

「メガスラッシュ」

エルダートレントも反撃するが、特技発動後すぐにバックステップで離れる。

「シールドバッシュ」

追《お》い縋《すが》るように伸びてくる枝に特技を当ててダメージを稼ぐ。

再びジェイクの『レインアロー』が発動。

（よし、焦るな。ヤナの魔法を待とう）

薙ぎ払われる大枝を受け止めて剣を打ち付ける。直接本体に当てるよりダメージは小さいがリスクも小さい。

少しでもダメージを増やすため小さな攻撃を積み重ねる。そして、ヤナの魔法と共に前に出て『メガスラッシュ』を発動し、ジェイクの弓矢を避けるように引く。

（ミュリ、マルコム、セージ、無事でいてくれよ）

そう願った時、後ろから声が響いた。

「なんだ、余裕そうじゃん！　せっかく急いで倒してきたのにさー！」

ミュリエルの気楽そうな声が響く。戦闘中だったが思わずカイルは振り返った。

「ミュリ！　無事――」

「余所見《よそみ》なんてらしくないなぁ」

マルコムがカイルを守るようにエルダートレントの攻撃を受ける。

「マルコム！」

「いろいろ話はあるんだけど、ボスを倒してからだね。それじゃ」

マルコムはそう言うと『ハイド』と呟きながら森の中に隠れた。

「カイル！　パーティー！」

ミュリエルからパーティーの申請があることに気付き、すぐに承諾する。

パーティーメンバーはカイルの他にミュリエル、マルコム、ジェイク、そしてセージが入っていた。

（ヤナじゃなくてセージ？　どういうことだ？）

「カイル！　いくよっ！　これ飲んで！」

困惑するカイルにミュリエルがＭＰ回復薬を渡してエルダートレントに突撃する。

「一人で突っ走るな！」

「早く早くっ！　おりゃー！」

（どうなっているんだ!?）

カイルはＭＰ回復薬を一気飲みしてミュリエルを追いかける。ミュリエルはすでに斬りかかっていた。

「メガスラッシュ！」

ミュリエルの気合いの入った声が響く。

別に大きな声を出したところで威力は変わらないのだが、ストレス発散も含めて気合いが入っている。

というのも、普段はメインアタッカーとして攻撃特化の戦い方をするのだが、キラーパンサー戦ではサブとして連携や立ち回りを考えつつ戦っていた。

頭を使って戦うのがストレスだったのだ。

エルダートレント戦ではひたすら攻撃という指令が出て解放されているのである。

「メガスラッシュ！」

カイルが追いついた時には二撃目に入っており、防御が疎《おろそ》かになっていた。

「ミュリ！　防御も考えろ！」

カイルがフォローしながらミュリエルを咎《とが》める。

「攻撃優先！　今はそうして！」

ミュリエルは大声でそう言い、さらに攻撃を加えるため剣を振りかぶる。

（どういうことだ？　何か作戦があるのか？　いや、今は仲間を信じよう。攻撃だ）

ミュリエルの『メガスラッシュ』よりわずかにエルダートレントの攻撃が早く、掠《かす》める程度しか当たらなかった。

「ミュリ！　攻撃重視と焦るのとは違うんだぞ！」

そう言った瞬間エルダートレントのターゲットが変わった感覚がした。

エルダートレントの陰からマルコムの姿が一瞬見える。

「メガスラッシュ！」

カイルはその瞬間に全力で攻撃した。

ターゲットになっていないからといってエルダートレントの場合は全く攻撃されないわけではない。しかし、頻度は明らかに下がるため重要なことだ。

（マルコムが裏で攻撃していたのか。しかし、まさか一瞬でもターゲットを取られるとは）

起き上がったミュリエルと共に近接戦を繰り広げる。使う特技は『メガスラッシュ』と『シールドバッシュ』。

ターゲットの取り合いをするかのように、攻撃重視でエルダートレントに立ち向かう。

エルダートレントの攻撃が直撃しても一回転して起き上がり、すぐに反撃した。

カイルは攻撃しながらもパーティーのＨＰをちらりと確認して驚愕する。

（ミュリのＨＰが減ってない！　攻撃を読んで回復しているのか！）

セージとジェイクは後衛に届く攻撃を防御しながら、それぞれ回復とバフを担当していた。

セージはＨＰが一定以上減るのを見計らって回復魔法を発動しており、ＨＰが半分以下にならないよう調整している。それに、いざとなれば回復の上級魔法で全員を一気に回復するつもりでいた。

今度はカイルが攻撃を受けてＨＰが減った瞬間全回復する。

（攻撃優先か。こういう戦い方もあるんだな。回復魔法特化、俺かジェイクができればいいが）

カイルのパーティーは、得手不得手こそあるものの全員回復魔法が使える。その万能さは他のパーティーにはないものだが、回復魔法専門と呼べるメンバーはいなかった。

（回復魔法に専念したら……いや、無理だな。この魔法発動速度は真似できない。そういえばマルコムはどこにいるんだ？）

カイルは考えを巡らせながら戦いを続け、順調にエルダートレントへダメージを与えていく。

ミュリエルは頻繁に、カイルは時々エルダートレントの攻撃が直撃するのだが、すぐに回復されるので問題はなかった。

残りＭＰが半分ほどになった時、エルダートレントの葉の色が赤色に変化する。

（もうＨＰが二割になるまで削ったのか！　早いな！）

すると、マルコムがひょっこり現れた。

実は裏で気付かれないように隠れながら、特技『フイウチ』を連発していたのだ。

マルコムが走りながら言う。

「さぁ逃げるよ！　後衛を守ろう！」

「よっしゃー！　カイルも行くよっ！」

カイルは「おう！」と返事をして後衛の方に走り出す。

（次はどうする気だ？　魔法だけで攻撃するのか？　このまま押し切ってもいい気がするが）

後衛に向かう途中でエルダートレントの攻撃が一層激しく、そして無差別になった。

エルダートレントの攻撃範囲は広いが、今までターゲットになっていたのはカイルとミュリエルだ。後衛には全攻撃の二割程度しか届いていなかった。

後衛を攻撃から守るため急いで駆け寄り、守りの要としてエルダートレントの正面に立つ。

その時、全員のＨＰが全回復した。

発動したのはセージである。

（魔法士より聖職者が得意だったのか？　ヤナとは攻撃魔法の話ばかりだったような気がするが）

襲い来る枝を剣や盾で弾き返しつつ考える。

カイルが来たことによってヤナとセージまで通る攻撃が大きく減った。カイルは視野が広く、多角的に襲い来る攻撃を的確に防ぐことができるのだ。

その能力からリーダーの役割を任されていると言っても過言ではない。

「インフェルノ」

呪文を唱え終わったセージがエルダートレントに特級魔法を放つ。しかし、炎に包まれながらもエルダートレントの攻撃は止《や》まない。

（葉が赤になってから攻撃が激しくなるとは聞いていたがこれほどとは）

守りに徹しているため大きくダメージを受けることはないが、確実にＨＰが減っていた。それをジェイクが回復していく。

「インフェルノ」

セージの『インフェルノ』が終わった途端、静観していたヤナが戦闘に加わり、特級魔法『インフェルノ』を発動。

エルダートレントは炎から解放されてすぐにまた炎に包まれた。

（ミュリとマルコムが回復魔法？　攻撃と回復の役割を交代したわけか）

ジェイクだけでなくミュリエルとマルコムも回復魔法を使っていることに気付き、カイルも回復魔法を使い始める。

攻撃が激しくなっているとはいえ、セージ一人とカイルたち四人との役割交代だ。十分持ちこたえられる回復力になる。

ヤナの『インフェルノ』が終わると、今度はセージが発動する。

「インフェルノ」

（これは強烈だな。強力な魔法使いが二人いるとこんな戦い方もできるのか）

カイルはエルダートレントが炎に呑み込まれ続けているのを見ながら思った。

セージの『インフェルノ』が終わるとジェイクが『レインアロー』を発動し、そのあとセージが再び『インフェルノ』を唱える。

カイル、マルコム、ミュリエルに守られながら、セージ、ヤナ、ジェイクの連続遠距離攻撃が続き、やがてボスの攻撃がピタリと止まった。

「やったか？」

エルダートレントはパキパキと音を立てながら、ただの木に変化していく。それを見たミュリエ

一緒だ。

ルが歓声を上げた。

「よっしゃー！　倒したー！」

普通の魔物であれば逃げる。ギガトレントも速くはないが逃げるのは一緒だ。

この変化はボス特有のものである。

しばらくするとエルダートレントは枯れた巨木に成り果てた。

マルコムとジェイクは価値の高い素材を取るため、まずは倒した後放置していたキラーパンサーの方に行く。他のメンバーは装備の確認や水分補給などを行っていた。

ボスを倒したからといって魔物がいなくなるわけではない。

達成感で気分は高揚しているが、そんな時こそ冷静に次に備えることが重要だとカイルたちは考えていた。

（しかし、あの連続攻撃魔法は強力だったな。今までは攻撃魔法をヤナに頼っていたが他の仲間も覚えるべきか？　いや、あれはヤナと、さらにその上をいくセージがいてこそ有効なのだろうな。俺たちの魔法ではセージの代わりにはなれない）

カイルは素材の剝《は》ぎ取りを興味深そうに見学しているセージを眺める。

その姿だけ見ると年相応の子供らしさがあった。

（的確な作戦、それを行う実行力。予知のような回復と最速の特級魔法。ボスを圧倒した人物には見えないな。まったく、大したもんだ）

セージはカイルの視線には気付かず、剝ぎ取りをするマルコムを質問責めにするのであった。

# 第三章　神《しん》霊《れい》亀《き》襲来

セージはボス連戦から合格発表までの三週間、なりふり構わずステータス上げに力を入れた。ボス戦で自分の力不足を感じたのである。

特にＨＰと防御力が低くて耐久力のなさが目立っていた。

一撃で危機に陥るような状態では周りに負担をかける、というよりも隠れてないと戦えない。それに、今後ソロになった時、危険すぎてランクを上げることが難しくなる。

筋トレも増やして、何とかステータスの底上げをしようと頑張っていた。

そして、これまではどちらかというと生産職をメインにしていたが、ボス戦を機に戦闘・支援職をメインにランク上げをしたのだ。

そして、セージは中級職を全てマスターし、とうとう上級職まで進んだ。

セージ　Ａｇｅ12　Ｌｖ51　種族：人　職業：勇者
ＨＰ　１７４５／１７４５　ＭＰ　８６０８／８６０８
ＳＴＲ（力）　238　ＤＥＸ（器用さ）　414
ＶＩＴ（頑丈さ）　207　ＡＧＩ（敏捷性《びんしょうせい》）　245

ＩＮＴ（知力）　999　　ＭＮＤ（精神力）　943

戦闘・支援職一覧
下級職　中級職　マスター
戦士　魔法士　武闘士　狩人《かりうど》　聖職者　盗賊　祈禱士《きとう》　旅人　商人
聖騎士　魔導士　暗殺者　探検家

上級職
勇者　ランク5　　精霊士　マスター

生産職一覧
下級職　マスター
木工師　鍛冶師　薬師　細工師　服飾師　調理師　農業師

中級職
錬金術師　マスター　魔道具師　ランク26
技工師　ランク2　賭博師　マスター

（うーん。いい感じに能力が上がってきたけど、やっぱり近接戦をするには物足りないな。職業勇者でＳＴＲとＶＩＴはガッツリ補正が掛かっているはずなのに）

そんなことを考えながら自分のステータスを眺める。

（ＩＮＴのカンストはいいんだけど、耐久力がなぁ。まぁ、たかが三週間で劇的に変わるわけないか。地道に頑張らないと）

レベルが上がったのでステータスは全体的に上昇していたが、耐久力となるＨＰとＶＩＴについてはまだまだだ。

カイルのＶＩＴは５００を超えている。レベルはセージが上回り、勇者補正が掛かっているというのに、カイルの半分にも届いていない。

（しかし、こんなに早くランク上げができるなんて思わなかったな。カイルたちに手伝いを頼んでよかった）

一人ではこんな速度のランク上げなんてできない。カイルたちに手伝ってもらったのである。

カイルたちのパーティーは一級冒険者であり、その中でもトップレベルの実力を持っている。

指名依頼は少ないが、ギルドからの魔物討伐の要請は多く、難易度も高い。

そこで、セージのレベルに合う魔物討伐の依頼を受けてもらい、ランク上げをしていた。

ボス討伐依頼が一件あったが、求めるランクの魔物が大量発生していたため、カイルにお願いしてボス討伐を一日遅らせてもらったくらいだ。

一日で四百体以上倒す日もあり、本当になりふり構わずといった具合である。

（やっぱり勇者は賭博師と聖騎士、精霊士は魔導士と錬金術師の組み合わせで間違いないな）

セージは上級職の勇者が表示されたとき、内心ホッとしていた。条件は合っていると確信していたが実証したわけではなかったからだ。

賭博師と聖騎士をマスターすれば勇者になれると豪語し、これしろあれしろと指導しておいて間違えてました、だとルシールに顔向けできないと心配していたのである。

それに、カイルたちに対してもそうだ。ランク上げを手伝ってもらう代わりにセージは上級職の情報を渡していた。

カイルたちは、約束通り三週間セージのためにランク上げを手伝っていたが、その後すぐに自分たちのランク上げに集中しようと考えている。

レベル50でちょうどいい狩り場をすでに見繕っており、その辺りを巡る計画だった。

マルコムとヤナはすでに必要な職業をマスターしているため、生産職のランク上げに注力している。

（勇者のランク上げが終わったら戦闘支援職のランク上げができなくなるし、そろそろ生産職の中級職を攻めないと）

そんなことを考えながら王都の学園街を歩いていた。

セージの合格発表の日である。

この日はレベル・ランク上げは休みにしているため朝はゆっくりだ。

そして、セージは学園、カイルとマルコムは冒険者ギルド、他は買い物に向かった。

ちなみに冒険者ギルドは朝早くが最も混む時間で、依頼の取り合いになることもよくある。カイルはそんな時間を避けて、少し遅めに行くことが多い。

高ランクの依頼が取り合いになることなんて滅多《めった》になく、逆に指名依頼があったり、ギルドから直接依頼されたりするからだ。

セージはカイルたちと別れた後、店を冷やかしながら学園に向かう。

今回は武器屋をメインに覗《のぞ》いた。

（あっ、強力な装備も売ってるんだ。メガアーマーとかＦＳ初期なら終盤でも使える装備だし。ちょっと使ってみたいけど、今の体に合わせて作ってもすぐに成長するしなぁ）

この世界では鎧《よろい》などの防具はオーダーメイドが一般的だ。剣や杖《つえ》などであれば既製品も多いが、身に着けるとなると体に合わせる必要がある。

基本的には店内に展示品があり、それをベースに鍛冶師と相談して発注する。

そういうこともあって防具は高価になるため、中古を取り扱う店も多い。

ただ、店に騙《だま》されたりすることもあるため、買い物前には『鑑定』が使える商人に職業変更するのが基本だ。

（あっ、固定剣テンがある！　しかも安い！　って当たり前か。使い道がほとんどないし。でもこれがあれば神木の道でランク上げが捗《はかど》るな。孤児院にお土産《みやげ》で買って帰ろうかな）

固定剣テンとは、どんな攻撃力でもダメージが10になる剣である。

シリーズでもほとんど出てこない剣なのでまさか普通に売っているとは思わず、セージのテンションが上がった。

中盤で出てくるこの剣の使い道は一つしかない。メタルミニゴーレムというＨＰ10しかないのに防御力が高すぎてクリティカルでしか倒せない魔物がいて、それを一撃で倒すための装備だ。

魔物のＨＰを正確に測るために使う暇人がいたりするが、基本的にメタルミニゴーレム狩り以外で装備されることはない。

セージは固定剣テンがあれば、スライム狩りでランク上げが簡単にできるなと考えていた。

（いや｜ラングドン領へ帰る前にもっと武器屋とか見て回ろうかな。掘り出し物があるかも）

ウィンドウショッピングを楽しみながら歩き、もうすぐ学園に着くというところで、マルコムに呼び止められた。

「セージ！」

「あれ？　どうしたんですか？　冒険者ギルドに行ってたんじゃ……」

「見つかってよかった！　さっき冒険者ギルドに情報が来たんだけど神霊亀が動き出したみたい。セージは一旦ラングドン領に帰る予定でしょ？　神霊亀がラングドン領に向かう可能性があるんだ」

（まじか。予想より早い。前回撃退に失敗したから侵攻のタイミングが早まったのかな？　この三週間で鍛えたからまだましだけど、神霊亀が相手じゃ荷が重いぞ。いや、追い返すだけならなんとかなる？）

ＦＳでは十年が一区切りということから、セージは神霊亀の侵攻も後一年以上余裕があると予想していたため、驚きを隠せなかった。

「もしかしたら違う方向に行くかもしれないけどね。まだわからないから、神霊亀の動きが止まるまでは拠点に――」

「マルコムさん。ラングドン領行きの飛行魔導船っていつ出るかわかりますか？」

この世界の移動手段はほとんど徒歩か馬車なのだが、飛行魔導船という空飛ぶ船も存在していた。

王都を中心に各地の領都や主要都市を往復しているのだが、ラングドン領には一か月に一回くらいしか飛んでいない。

乗るのに金貨一枚以上必要で、利用者が貴族関係者や大商人しかいないので、それで十分ではある。

「……明日の朝だけど、まさか行くつもりじゃないよね？」

「もちろん行きますよ。明日の朝ならまだ時間はありますね」

「本気？　神霊亀って知ってる？　普通の魔物じゃないんだよ。僕らは調査に行ったから知ってるけどさ。あれは戦う相手じゃないね。ビッグタートルは知ってるでしょ？　あれの百倍くらい大きいんだよ」

「高さはどれくらいでしたか？」

「高さ？　えっと、僕の五倍以上あったかな？」

(五倍以上となると七、八メートルくらい？　それが本当なら小さい方かな)

神霊亀はFSで何度も登場するが、その時々で大きさが異なる。十メートル程度の時もあれば二十メートルを超える時もあった。

二十メートル級になると今の状態では追い払うことも困難だが、八メートルくらいなら今のレベルでも対応できるとセージは考える。

「それなら何とかなりそうですね」

「なんとかなる……のかな？　ならないよっ！　無理だってあれは！」

「大きければちょっと厳しいですけど、まだ小さい方ですから」

「小さい方？　えっ、僕の話聞いてた？　僕の五倍だよ？」

「マルコムさんの五倍ならそこまで大きいわけではないですよね？」

「あれっ？　なんか背が低いって遠回しで馬鹿にされてる？　僕はそこまで小さくないからね！」

「例えば、この建物の倍くらいってことですよね？」

「えっと、まぁそうだね。それくらい……ってわかってるなら止《や》めようよ！　建物の倍ってもう魔物の大きさじゃないから！　セージは強くなったし人族の魔法使いとしてはたぶん最強だよ？　でも神霊亀は剣も魔法もほとんど効かないから……」

「えっと、準備があるので急ぎますね」

マルコムの話を聞き流して行こうとするセージにマルコムは慌てて叫ぶ。

「話聞いてよ！　とっ、とりあえず拠点に来て！」

「はーい！」

マルコムは走り去りながら返事をするセージを見送って、急いでカイルのところに戻るのであった。

＊　＊　＊　＊　＊

セージは不合格であったのだろう肩を落とす者たちとすれ違いながら学園に到着した。

受験番号が貼り出されるなんてことはなく、受付で合格かどうかを聞くシステムだ。

セージが名前、年齢、推薦者の名前を言うと、受付の人が合格を祝福してくれる。

(合格だろうとは思ってたけど、やっぱりホッとするな。さて、神霊亀戦に備えないと)

手早く入学手続きを済ませると、学園生が呼び止める声を無視して学園を飛び出し、様々な店を巡った。

武器屋や道具屋だけでなくギルドも回って様々な物を買い込む。

持ち切れなくなればカイルたちの拠点に戻り荷物を置いてまた出ていく。

二回目に戻った時には、カイルたちのパーティーが全員揃《そろ》っていた。

「やっと帰ってきたよ！」

「またいっぱい買ってきたねー！」

マルコムとミュリエルがすぐに反応してくれる。

「いやー、神霊亀と戦うとなると、いろいろと用意しようと思ってしまって、使うかわからないものまで買ってしまいました」

少し照れたように笑うセージに、カイルは呆《あき》れたように言う。

「相変わらずだな。本気で神霊亀と戦うつもりか？」

「もちろん戦います。ラングドン領の町、ケルテットは僕の故郷ですから。でも、無理だと思ったらすぐに逃げますよ」

神霊亀はイベント戦でボスではない。

ゲームではボスとして出てくる場合もあるが、基本は倒せない敵なので一定時間後に逃げるか撃退するかのどちらかである場合がほとんどだ。

「逃げることができるとは聞いているが本当かはわからないぞ」

「そうですね。でも、僕は逃げられると確信していますし、逃げることもないと思っています」

(ゲームでもイベント戦で逃げてるし、ＦＳ７と10では逃げるコマンドが使えた、それは確実。あとは神霊亀の行動パターンが変わったり技が増えたりしてなければ大丈夫だろうけど、それはわからないし)

セージはこれまでの生活の中で、ゲームでできることはこの世界でも全てできると確信していた。

自信満々で答えるセージを見て、カイルは苦笑する。

「初めて会った時から不思議な少年だと思っていたが、ここまで共に生活をしても印象が変わらないな」

(そういえば初対面で不思議な少年って言われたな。どこがなんだろう。それに不思議って良い意味で言われているのかな？)

六歳の時にカイルたちと会った時のことを思い出しながらセージは首をかしげた。

「それで、セージは神霊亀を倒せるのか？」

カイルの率直な質問に、セージはあっけらかんと答える。

「倒すのは無理ですよ？」

その言葉に全員が「えっ？」とセージを見た。

戦う気を見せているため、てっきり倒す方法があるのだと全員が思っていたのだ。

一瞬時が止まったかのような沈黙が流れ、ミュリエルとマルコムが反応する。

「あれっ？　無理なの？」

「ちょっと待って！　なんとかなるって言ってたよね!?」

「なんとかなるっていうのは町を守るってことです。神霊亀を追い返すだけですよ」

「追い返す？　そんなことができるのか？」

今度はカイルがセージに問いかけた。

「できます。HPを一割削れば撃退できますから」

「たった一割？　八年前の戦いでは精鋭の騎士たち千人が束になって攻撃を仕掛けても止めることができなかったんだぞ」

「まずレベル50のステータスでは神霊亀の攻撃に耐えられないですよね。それに、大きなダメージを与えるのが難しいでしょうし。千人いても1パーセントも削れなかったと思いますよ」

ゲームでもレベル50では太刀打《たちう》ちできない。逃げるか兵器を使って追い払うしかないのである。

「なるほどな。だが、それならセージも攻撃に耐えられないだろう。神霊亀の攻撃を全て避《よ》けるつもりか？」

「なるべくは避けますし、魔法攻撃は僕が装備を整えれば数発ほどは耐えられるでしょう。物理攻撃は気合いの盾で凌《しの》ぐ予定です」

気合いの盾とはＨＰが最大の時、ＨＰが0になる攻撃を受けてもＨＰが1残る装備のことだ。

ゲームでは低レベルの縛りプレイ御用達《ごようたし》の盾だが、この世界では魔法効果が付いた盾の中で最も使われていないと言われている防具の一つである。

当たり前だが、一撃でＨＰが0になるダメージを与えてくる魔物と戦う者なんていないからだ。

「それで、セージなら神霊亀にダメージを与えることができるのか？」

「今は勇者ですけど精霊士に変えて、『マウント』を使った上で弱点の特級氷魔法を放ち続けます。神霊亀のステータスはわかりませんが、少なくとも一発で数千のＨＰを削れると計算しています。ここまですれば一割削れるはずです」

精霊士は上級職の中でＩＮＴ補正が最も高く、精霊を召喚することができる職業だ。

そして、『マウント』は最も強力な特技で、召喚した精霊を身に憑依《ひょうい》させ、ステータスの補正や呪文の短縮などの効果を得る。

その代わり一秒につきＭＰを10消費するため、人族離れしたセージでも魔法を打ちながらだと、ＭＰ回復薬なしでは五分も持たない。

カイルたちは一緒にランク上げをしていたため、その特技のことを知っている。

「姿を見てみないとわかりませんが、予想ＨＰが一千万くらいなので厳しい戦いにはなるでしょうけどね」

「一千万……！」

「ふーん。なんだか数字が大きすぎてわからないけど、精霊士のセージでも簡単には倒せないなんてやばいね」

絶句するマルコムと呑気《のんき》に言うミュリエル。カイルは考え込んでいた。

「今は倒せませんけど、もう少し成長したら再戦しますよ。とりあえずレベル70以上にはしたいですね」

「おお！　さすがセージだね！　私でも倒そうとまで思わないなぁ」

「いやいや、追いかけて再戦するとか正気じゃないって。関わらないようにしようよ。カイルも言ってやって」

マルコムが黙り込むカイルに話を振る。

「あぁ、そうだな。再戦のことよりも今回の襲来のことだ。セージ、一人で戦うつもりか？　俺たちが戦ったらどうなる？」

「ラングドン領軍には要請しますので、何人かついてきてくれないかなと思っています。最悪の場合は一人ですが、さすがに一人で戦う用の装備と魔道具、薬が揃わなければ諦めますね。もしカイルさんたちに一緒に戦ってもらえるなら、とても助かります。結局のところ防御が不安なのでカイルさんがいれば安心しますね」

「そうか。わかった」

そう言って頷《うなず》くカイルにマルコムは悟った。

「あっ、これは戦う流れ？　本当に？　みんなはいいの？」

ヤナは頷き、ジェイクは「任せる」と呟《つぶや》く。ミュリエルは「セージが行くなら楽しくなりそうだし」と笑った。

そして、カイルは宣言する。

「よし。冒険者ギルドの依頼、神霊亀の討伐を受けよう。明日の朝、飛行魔導船に乗ってラングドン領に向かう。準備するぞ！」

「はーい！」

元気に返事をしたのはミュリエル一人だが、ヤナとジェイクもすぐに支度を整えるため部屋を出ていった。

カイルとマルコムがギルドに行った時に、神霊亀の討伐依頼を受けてくれと頼まれており、その話はすでにパーティーに話していた。

低ランクパーティーが行ってもどうしようもないため、ギルドは高ランクパーティーに声をかけていたが、全てのパーティーが断っていた。

そんな中、カイルは保留にしていたのである。

ちなみに明日の朝に出る飛行魔導船は定期便ではなく、ラングドン領が要請して出す臨時便だ。

マルコムは仕方ないといった感じで重い腰を上げる。

「こうなるとは思ってたけどさ。まぁ、僕は防御も魔法も得意ではないしできることはないけど」

その言葉にセージは首をかしげる。

「あれ？　僕の考えではマルコムさんが前衛の主役ですよ？」

「……僕が前衛の、主役？」

きょとんとしながら聞き返すマルコムにセージは頷いた。

「そうです。ミュリエルさんとカイルさんは防御。ジェイクさんはバフと回復、ヤナさんは回復専門、マルコムさんには近接攻撃を頼もうと思ってるんです」

「近接攻撃を？　一人で？　神霊亀に？」

「もちろん他の人にも戦ってもらえるか聞きますが、誰も来なければ一人ですね。それにマルコムさんが一番適していると思いますし。近接攻撃で活躍してもらえるんじゃないかなって」

「そっか。そう言われると頑張りたくなるなぁ……神霊亀が相手じゃなければね！　あいつ相手に近接はダメだって！　適してるってなに!?　セージもレベル50じゃダメージを与えられないって言ってたじゃないか！　囮《おとり》にでもするつもり!?」

「大丈夫ですよ。あとでちゃんとダメージを与える方法を教えますから」

「本当に？　嘘《うそ》じゃないよね？」

「あっ、試したことはないので、あとで検証しておきます」

「試したことないの!?　不安しかない！」

ちゃんと検証するように念を押しながら嘆くマルコムであった。

＊　＊　＊　＊　＊

〜Ｓｉｄｅ　ルシール・ラングドン〜

ケルテットの北の町であった魔物討伐作戦の後、ルシールはセージと話をして、何があろうと騎士を目指すと覚悟を決めた。

それから五か月、ランク上げに明け暮れる。それは職業を勇者にするためだ。勇者であれば確実に強くなれる。騎士として戦う道が開けると思ったのだ。

ランク上げのため、まず初めに行ったのが、マーフル洞窟での魔物殲滅《せんめつ》戦である。

セージから教わったゴースト系への裏技、即死『リバイブ』で魔物を根絶やしにした。

大量の魔物を倒したものの、さすがに商人と旅人両方のランクを上げ切るには少し足りない。

もう少しランク上げがしたかったが、あまりに大量の魔物を狩ると、魔物が出現しなくなるのだ。

これは魔物の数が無限ではなく、ＨＰ回復時間が設定されているからである。

スライムならＨＰ０になって逃げてもしばらくするとＨＰが回復して出現するが、レベル50以上で倒す魔物になるとそう簡単には復活できないようになっていた。

マーフル洞窟周辺の村ドラルで、手続きや後処理などを済ませると、ラングドン領に帰る途中でランク上げのための寄り道をする。

伸ばしていた髪を短く切り、変装して冒険者になって、であった。

ただ、マーフル洞窟のようにランク上げは順調とは言えない。

レベル50に対応する魔物が少なかったことや、途中で魔物に困っている村を助けるため必要ない魔物も狩っていたこともあり、なかなかランク上げが進まなかった。

結局、領都に帰るまでに二か月近くかかったのである。

ラングドン家に帰り、ノーマンのところに行こうとしたが、真っ先にルシールの母親に見つかった。

弟が十二歳になるまでは次期当主としているが、それが終われば家を出る。

髪を切った姿でそれを言うと、呆然《ぼうぜん》としていた母親からは悲鳴と共に説教を受けたが、ルシールは頑として意見を変えなかった。

その後当主のノーマンにも話をした。

勘当を覚悟して挑んだものの、ノーマンが答えたのは「ラングドン家の娘として誇り高く生きろ」とだけである。

それはルシールにとって意外な言葉だった。

すぐにでもラングドン家から追い出されるかと思って、いつでも出られるよう先に冒険者になったり、生活に必要なものを用意していたのだ。

まさか受け入れられる、しかも家名を捨てなくてもいいとは思っていなかったのである。

一時的な次期当主という立場に立たせてしまった負い目があったからか、セージとの縁という打算があったからか、ただ単に娘に対する甘さが出てしまったからか。

なぜ激励のようにもとれる言葉だけで終わったのかルシールにはわからなかった。

ノーマンの言葉に「はい」と答えて頭を下げ退室し、そして、とうとう賭博師のランク上げに取りかかる。

賭博師のランクは学園時代に友人パスカルに誘われて三年間ギャンブルをしていたため、表示された時点でランク36まで上がっていた。

ルシールはギャンブルにハマっていたわけではなく、勇者になるためには必要だと言われて真剣に取り組んでいただけだ。

当時ルシールは十二歳だったが、ギャンブルが必要とは思わなかったし、そもそも学園でギャンブルは禁止である。

初代勇者が起こした第五騎士団賭博事件から全面禁止になっているからだ。

普通なら勇者にはギャンブルが必要なんて、そんな言葉は信じなかっただろう。

ただ、それを言った友人、パスカルは勇者の孫であり、子供は親の職業を受け継ぐため本人も勇者だった。

ルシールはパスカルから言われたため、勇者になるためにはギャンブルが必要だと信じてしまったのだ。

パスカルは初代勇者の血を引き継いだからか、根っからのギャンブル好きで、ただ単にギャンブルがしたかっただけである。

ルシールが興味を持ちそうなことを口から出任せで言っただけだった。

まず最初にルシールを誘ったのも、第一学園の騎士科にはほとんどいない女子だったからだ。

ギャンブルが禁止されていてもルシールがいたら人が集められるだろう、との考えからである。

学園卒業前に最後の賭博を盛大にやって教官に見つかり、ルシールはパスカルと共に主犯の一人にされた。

パスカルは勇者であり、ルシールはラングドン領に戻るため進路に影響はない。しかし、二人とも学園内で厳しい罰が与えられることになる。

ただ、ルシールにとっては罰の内容よりも、勇者になるために賭博が必要だと言ったのは出鱈目《でたらめ》だったとパスカルから聞かされたことが衝撃だった。

さらに、ラングドン領に帰ると、その情報が伝わっていた親から激怒され、ルシールはそれ以来賭博には手を出していない。

セージから賭博の話を聞いた時に真っ先に思い浮かんだのはパスカルだ。

当時は恨みしかなかったが、賭博師ランク36まで上がっていたので、今では感謝している。

(まさか悪友パスカルに感謝する日が来るとはな。人生わからないものだ)

そんなことを思い出しながら賭博師のランク上げに勤《いそ》しんだ。

最初は賭博場や闘技場に行ったりしていたが、全くランクが上がらない。

しかし、セージから教えてもらった賭け事は二人以上必要だ。

誰とも知らない者と自分もよく理解していない賭け事をするなんてできるはずもない。

ルシールが所属するラングドン領騎士団でも賭博は禁止である。

ただ、そんなことで躊躇《ちゅうちょ》していてはランク上げは進まないため、まずはギルを手始めに、ルシールが所属している第二騎士団から数人を巻き込んだ。

そうして約三か月間、セージから教えてもらった賭け事で賭博師のランク上げをした。

もちろん、騎士たちは訓練があるため、基本的には夜だけである。

それにルシールも体を鈍《なま》らせるわけにはいかない。

日々の訓練、他の職業のランク上げに加えて、セージが王都に行くまでは稽古をつけたりもしていた。

そんな日々が過ぎ、賭博師をマスターしたのはセージから教えてもらった『手本引き』と呼ばれる賭博を、ギルや騎士数人と一緒にしていた時のことだ。

簡単にいうと、親が複数のカードから一枚を選び、子がそれを当てるというゲームである。

ルシールに親の番が回ってきた時、選んだカードを全員に当てられて、その時持っていたお金を全て巻き上げられた。

悔しく思いながらも賭博師のランクが上がってないか確認する。

セージから教えてもらった賭博は聞いたことがないようなものばかりで、ランクが上がりやすい。

手本引きを始める前はランク48で、数時間しか経《た》っていない。ランク49になってればいいというくらいの気持ちで確認した。

そして、賭博師マスターの言葉と共に待ち望んでいた文字が見えたのだ。

『Joukyu-shoku Yuusha ranku 1』

不意打ちのように出てきた職業を見た瞬間、ルシールはしばらくの間固まり、そして何度も確認する。

（まさか、本当に？　夢じゃない？）

聖騎士と賭博師をマスターすると勇者になれる。

セージの言った通りだった。

ルシールは呆然としながら、走馬灯のように今までのことが思い出される。

そして抑えきれない気持ちが込み上げて、涙が溢《あふ》れた。

（ついに……辿《たど》り着《つ》いた……！　セージの言っていたことは本当だったんだ……！）

ルシールはセージの言葉を信じて、ここまでやってきた。

そうは言っても、心の隅に残るわずかな疑念が消えることはなかった。

そもそも藁《わら》をも掴《つか》む想《おも》いで信じたことだ。

セージ自身も勇者になっていないのに、絶対勇者になれるだなんて信じ切れるわけがない。

たとえ、セージが勇者になろうと信じ切ることはできなかっただろう。

初代勇者もセージも遠い存在で、結局自分には勇者になれる才能はないんじゃないか。

どれだけ努力して振り払おうとしても、そんな考えが頭から消えることはなかった。

全てをマスターしても職業に勇者が現れず、途方に暮れて立ちつくす自分の夢を見て飛び起きる、なんてこともよくあったくらいだ。

憧れで終わっていた勇者、壁を超えられずなれなかった騎士、貴族の娘として何もできない自分。

苦しんできた人生でやっと一歩踏み出せた気がした。

そして、セージに感謝する。

セージの言葉、知識、行動がなければ、この一歩を踏み出すことはできなかっただろう。

いくら感謝してもしきれないようなことだ。

溢れる涙を止められず、滲《にじ》む視界に大慌てで謝ったりするギルや騎士たちが映っていた。

大丈夫だと言いたかったが、はっきりとした言葉は震える口から出てこない。

しばらくして落ち着いたルシールから解散を告げられるまで、周囲はおろおろするしかなかった。

その時はすでに深夜だったが、ルシールはこっそり教会に忍び込んで職業を勇者に変更。そして、勇者になったことは誰にも言わずに秘匿している。

まずはセージに伝えようという気持ちがあったのと、王国に知られたくなかったからだ。

勇者になったことを王国が知ると、ルシールを上位貴族に迎え入れるだろう。

そして、王族関係の誰かと結婚させられ、勇者になる方法を聞き出されるか、子を成せと迫られることはわかりきっている。

女であるルシールにとってそんな縛りをかけられると自由に生活することさえ困難だ。

もちろんメリットもある。勇者として認められ、王国女性騎士団の団長になることも夢ではない。

そして、生活は豊かになるだろう。

しかし、今のルシールにとって、それは魅力的なことではなかった。

ルシールは好きに生きると覚悟を決めたのだ。

職業だけの勇者、形だけの騎士に意味はない。魔を斬り払う勇者、人を守る騎士になる。

名誉、地位、金よりも大切なもののために人生を使うと決めていた。

そのためにまずは強くなることだ。

そして、それと同時に冒険者として困っている人々を助けて回ろうと考えていた。

次の日から賭博をぴたりと止めて、勇者のランク上げを開始する。

勇者の補正によってステータスが大幅に向上し、ランク上げは少し楽になった。

レベル50以上に適した魔物の多くは上級職になっていることを前提としている。中級職で戦うのは厳しかったのだ。

そして、ランク上げを始めて一か月後、神霊亀が動き出したという情報が流れ、ラングドン領は大騒ぎになった。

たまたま近くにいたルシールはすぐにラングドン家に帰ると、ノーマンから至急セージを呼び戻してほしいと頼まれ、飛行魔導船に乗って王都に行くことになる。

ノーマンは領主であり、領地を守るのが義務だ。当然ラングドン領に神霊亀が来た場合、戦わなければならない。

しかし、ノーマンはまともに戦っては勝てないと考えていた。

実は、ノーマンは八年前の戦いで負けている。

かつてラングドン領の南にあった領、ナイジェール領に神霊亀が攻めてきた時のことだ。

ナイジェール領はラングドン領に援軍を求めた。

すでに領地の境界で敗戦し、領内に侵攻していたので後がなかったのである。

当時ノーマンは当主ではなかったが、代替わり間近であった。

神霊亀との戦いがなければ、すぐに代わっていただろう。

援軍の総大将としてナイジェール領都で神霊亀を迎え撃ち、大敗した。

神霊亀の力は圧倒的だった。

ナイジェール騎士団六百人、ラングドン援軍二百人、冒険者二百人、総勢千人が神霊亀に総攻撃を仕掛け、実際に攻撃できるところまで近づけたのが約百人。

九割は遠距離攻撃によって壊滅もしくは逃走した。

百人で攻撃したと言っても、わずかでもダメージを与えたという手応えを持ったのは十人もいない。

結果として全軍退却し、ナイジェール領は滅亡した。

神霊亀はノーマンにとって苦い思い出であり、勝てる想像ができない相手である。

ノーマンが当主になってから魔法騎士団や研究所を立ち上げ、大型弩弓《どきゅう》などの兵器を開発していたのはそのせいだ。

進行方向から考えて、次に動いた時、ラングドン領に来ることは目に見えていた。

神霊亀に大敗を喫したことによって代替わりが延期され、前当主であるノーマンの父が病で亡くなった二年前に当主となった。

しかし、わずか二年では発展途上であり、まだ勝てるとは思えなかったのである。

唯一可能性があるならばセージが王都で新たな知識を得て帰ってくることだ。その一縷《いちる》の望みにかけてルシールを送った。

ノーマンが必ずセージと共に帰るようルシールに言ったのは、セージが見つからなければ王都に残れ、ということである。

それは、ルシールが戦いに参加できないようにするためだ。

ルシールは名目上次期当主。当然戦うべきであり、本人もそれを望んでいたが、ノーマンとしては退避してほしかったのである。

ノーマンは自身以外の家族を全員、娘の嫁ぎ先に様子を見に行くなどの理由をつけて領外に出していた。

ルシールの乗る飛行魔導船は朝に着き、昼にはラングドン領に引き返す。

タイムリミットは数時間しかない。

セージを探し、役目を果たすことが第一だが、そんな短時間では無理がある。

しかし、ルシールはもし見つからなくても領に戻って戦うつもりだ。

セージに会えなくても、会ってラングドン領に戻ることを断られても、何があろうと自分のしたいようにする。

ノーマンになんと言われようとラングドン領を見捨てることはない。

そんな覚悟を持って王都に降り立つ。

そして、その覚悟は早速無駄になるのであった。

「あれ？　ルシール様？　こんなところでどうしたんですか？」

声の方を向くと、そこにいたのは普段と変わらないセージである。

「セージ？　お前こそどうしてこんなところに？」

「どうしてってラングドン領に帰るんです。あっ、無事に入学試験は合格しました。いろいろと教えていただきありがとうございました」

「あぁ、それはよかった。私は役に立たなかったがな。いや、それより今ラングドン領に向かって神霊亀が動き始めていて、あっ、神霊亀っていうのはだな……」

「ルシール様、大体のことは聞いていますので大丈夫ですよ。ノーマン総長に試験に合格したことを伝えるついでに神霊亀を追い払っておきます。僕の故郷を潰されるわけにいきませんからね」

（……追い払う？　そんなことが可能なのか？　お父様やギルでさえ勝てなかった相手に……）

ルシールはその言葉に戸惑った。しかし、さも当然のように言うセージに、ルシールは今までのことを思い出し、納得した。

（いや、違うな。セージはできるから言っているんだ）

「わかった。私も戦う。戦い方を教えてくれ」

「もちろんいいですよ。とても助かります」

そこでカイルとマルコムが口を挟む。

「セージ。説明してほしいんだが」

「そうそう。一緒に戦うのはいいけどね？」

「そうでしたね。ルシール様、こちらは僕が王都でお世話になっていたカイルさんたちで有名な冒険者のパーティーなんですよ」

「俺がカイル。あとはマルコム、ミュリエル、ヤナ、ジェイクだ」

「私はルシール・ラングドン。君たちのパーティーの名前は『悠久の軌跡』か？」

ルシールの言葉にカイルは少し驚いた。

「よく知っているな。あまり名乗らないんだが」

「今はラングドン男爵家の者として来ているが、普段は冒険者だ。王都の一級冒険者パーティーの名前くらい知っている」

冒険者は十級から一級までランク分けされており、一級のパーティーはほとんどいないため有名である。

カイルたちは一級になるのに十年ほどかかったが、それでも実力に加えて運が良かったと言えるほどだ。

カイルとルシールの会話にセージが口を挟む。

「パーティーに名前ってあったんですね。知らなかったんですけど」

「セージには言ってなかったからな」

「教えてくださいよ。いやー格好《かっこ》いいですね、『悠久の軌跡』。カイルさんが決めたんですか？　意外とこういう名前をつけるんですね」

セージが半笑いで言った。

冒険者のパーティー名は人や出身地の名前から取ったり、〇〇団などの名称にすることが多い。

最近の若手パーティーは『悠久の軌跡』のような名前をつけることはあるが、堅く見えるカイルたちがそういった名前をつけるのは意外だった。

そんなセージにカイルは少し眉根を寄せて答える。

「お前は笑うだろうと思って言わなかったんだ。若い頃つけた名前だよ。有名になると名前も変えにくくてそのままだ」

「僕もパーティー名をつける時は参考にしますね。くふっ」

カイルは笑いを溢《こぼ》しながら言うセージを呆れたように見て、ルシールの方を向く。

「まったく。それで、ラングドン男爵令嬢、俺たちもセージと共に神霊亀と戦う予定だ」

「そうか、共闘だな。私のことはルシールでいい。呼びにくいだろう」

冒険者は敬語を使わないという慣習があり、貴族に対しても敬語で話したりはしない。

男爵令嬢などという言葉を使うのも珍しいくらいだ。

丁寧に話すことがないため粗野だと思われており、冒険者は貴族からあまり好かれていない。

ラングドン家は初代が元冒険者なのであまり気にしないタイプである。

「ああ助かる。長いなと思っていたんだ」

「そっちはカイル、マルコム、ミュリエル、ジェイク、ヤナでいいな？」

「すぐ覚えるなんてすごいね！　私はミュリでいいよ！　ルシールはルシィでいい？」

ミュリエルは獣族と人族のハーフであり、特に女の子に対しては愛称をつけたがる。

獣族は愛称で呼び合うのが普通だからだ。

ちなみに、ヤナはエルフ族なので愛称ではなく偽名である。

「ルシィ？」

(愛称か。そういえばそんな愛称で呼ばれたことなんてなかったな。ギルはお嬢と呼んだりするが、あれは愛称ではないし。ルシィなんて初めてだ)

人族の中でも愛称で呼ぶことはあるが、貴族は愛称を使う習慣がない。

むしろ、愛称をつけるのは品がないとか相手を下に見る行為だとされ、避けられている。

「ミュリ。急に言っても戸惑うだろう。すまないなルシール」

「いいや、ルシィと呼んでくれ。呼びやすくていい愛称だ。ミュリ、ありがとう」

「どういたしまして！」

嬉《うれ》しそうに笑うミュリエルにルシールもつられて微笑《ほほえ》む。

「じゃあ僕もルシィさんって呼んでいいですか？」

セージもここぞとばかりに乗っかる。

実はルシール様と呼ぶのが面倒だと思っていたからだ。

(冒険者からならまだしもセージからとなると、示しがつかないけど、まあいいか。どうせラングドン家からはいずれ離れるつもりだ。それに、セージだしな)

「好きに呼んだらいい」

「ありがとうございます。さて、飛行魔導船に乗りましょうか。パーティーの場所を決めて荷物を運ばなきゃいけないんですから急がないと。それに飛行魔導船に乗るの楽しみだったんですよね」

セージは嬉しそうに飛行魔導船の中に入っていく。

カイルたちもついていくが、一級冒険者なので依頼によっては飛行魔導船を使うことがあり、慣れたものだ。

（こんなところは少年のようなんだがな）

ルシールは緊張感のないセージに呆れながらついていくのであった。

＊　＊　＊　＊　＊

〜Ｓｉｄｅ　ガルフ〜

セージがラングドン家の研究所長になり、領都へと旅立った後、ガルフの鍛冶に対する姿勢が変わっていた。

仕事内容は大きく変わらないのだが、それとは別に魂を込めるように集中して鍛冶を行い、魔法剣などを作り始めるようになったのだ。

魔法剣はその名の通り魔法の追加効果があるような剣のことで、例えば炎を出す剣などが当てはまる。

弟子たちはどうしたのかと初めは思っていたが、五か月も経った今では日常になりつつある。

「今日の親方も気合い入ってるなぁ」

「流れるような手捌《てさば》き、さすが親方だ」

「最近は夜中まですげぇ性能の魔法剣まで打つようになってんだろ？」

「昔はたまに作ってたみたいだったがここ何年かはさっぱりだったからな。急に魔法剣の素材なんて買ってくるように頼まれて驚いたぜ。何があったか知らねぇけど、やっぱ親方はすげぇや」

「親方、飯食わねぇで大丈夫か？　俺はもうとっくに食っちまったぜ。そろそろ声かけた方がいいんじゃねぇか？」

「馬鹿野郎。今声かけたらぶん殴られるぞ」

「今日は俺が指導される番だってのに、時間がなくなっちまうよ」

ガルフの弟子たちが遠巻きに見ながら、ごそごそと会話をしていた。

セージがいた時なら自由に話しかけても問題なかったが、今は違う。

今までなかったルールが追加されたのだ。

親方が午前中に剣や盾を打っていたら何があっても話しかけないこと。

一日一弟子だけ一対一で指導を受けられること。

その後、仕事が終わる時間までは質問してもいいこと。

そして、それ以降は親方一人の時間になること。

作業を見るのは自由なので、昼休憩の時間などはこうして弟子たちがガルフの手元を観察することも多い。特に今日は気合いが入っており多くの弟子が集まっている。

このルールが作られたのは、ガルフが剣を打っている途中で弟子の一人に話しかけられ、烈火の如《ごと》く怒ったことがあったからだ。

前までは質問をされても答えるくらいに余裕があり怒ったことなどなかった。

ガルフはそれを思い出して後で謝ったのだが、どうしても集中したかったため、ルールを作ったのである。

今のガルフは一つ一つの動作に全身全霊をかけており、余裕など全くない。これについてはガルフ自身驚いたことでもある。

前までの鍛冶仕事は手を抜いていた意識なんて全くなく、品質は誰よりも良かった。

しかし、やはり心のどこかでこの程度でいいだろうという妥協があったのだ。そのことに今さらながら気づいた。

そして、自分のことだけではなく弟子の指導もしっかりするべきだと考えて、一日一弟子限定で時間を取ることにした。

これは弟子のためでもあり自分のためでもある。

教えるということは自分の作業を改めて理解することに繋《つな》がるのだ。

鍛冶は感覚的に学ばなければならないことが多い。それを伝えようとすると、さらに深く考えていかなければならない。

教えることによって自分の中の曖昧さが消えていくとガルフは感じていた。

また、自分の技を伝えていくことも使命だと考え始めたからでもある。

弟子からすると、ガルフの指導を直接受けられるというのはありがたいことであった。

厳しさの中に鍛冶への想いがあり、容赦なく的確、確実に自分の技術向上に繋がるとあって早く自分の番が来ないかと待ち焦がれる者ばかりだ。

今まではガルフが見回り、部分的にアドバイスをするくらいだった。一人に長い時間を取るなんて今までなかったので、大きな変化である。

ガルフは打ち上がった剣をよく眺めて確認すると一つ頷き、剣を置いて立ち上がった。

そこで弟子たちが集まって見ていることに気がつく。

「お前ら集まって何やってんだ？」

「見学していました！」

そう答えたの鍛冶師のダニーだ。ナイジェール領で鍛冶師をしていたが神霊亀に襲われて逃げてきた者である。

鍛冶師はどうしても高温の炉などの施設が必要になるため、一から始めるのは難しい職業だ。

そこで、近くの町の鍛冶屋を転々としながら王都に向けて移動し、ガルフの鍛冶屋を訪ねた時、ガルフの腕に惚《ほ》れ込《こ》んで居着いたのである。

ダリアよりも新入りではあるが、腕前は良く、はっきりした物言いが特徴だ。

「ダニー、俺が最後に炉から出してから、どこを何回叩《たた》いたかわかるか？」

「いえ、わかりません！」

はっきり言うダニーにガルフはため息をつく。

周りの弟子たちは、よくそんなことはっきり言えるな、という目を向けていた。

「まったく。いつも言ってんだろ。見学っつうのは見るだけじゃねぇんだ。手元を、剣の状態をよく見て、自分が打つ時をイメージしろ。今は俺が個別で教えてっからって、見て学ぶことがなくなったわけじゃねぇんだぞ」

「はいっ！」

「あとな、もっと近づいて見ろ。そこじゃあ炉の中が見えねぇだろ」

「いいんですか？」

「邪魔なとこには立つなよ」

「ありがとうございます！」

ガルフはドカッと椅子に座ると「飯」と言った。

いつもはダリアが用意するのだが、今は冒険者ギルドに魔法付与に必要な素材を受け取りに行っている。

代わりにダニーが用意していると、ダリアが思い切りドアを開けて転がるように入ってきた。

「親方ぁ！　くっ、来るみたいです！　すぐ、逃げましょう！　緊急事態です！」

「うるせぇぞダリア！　何言ってんだ！」

突然叫びながら鍛冶場に入ってきたダリアにガルフは拳骨《げんこつ》を落とす。

久々に食らった拳骨にダリアは「くぅ」と変な声を漏らした。

「落ち着いて話せ！」

「すみません。神霊亀が動き出したそうです！　こっちの方に向かってるらしいです！」

「すぐに来るのか？」

「あと一週間もないらしいです……それでこの町は終わりです」

脳が揺れたかと思うような衝撃を受けた頭を撫《な》でながら絶望するダリアと正反対に、ガルフは強い意思を瞳に宿した。

そして、ニヤリと笑いを浮かべる。

「そうか、来たか。早いじゃねーか、まったくよぉ。二年後とか予想外れてんじゃねぇか、セージ」

「えっと、親方？　どうしたんですか？」

ぶつぶつ言いながら立ち上がるガルフにダリアが戸惑って問いかけるが、ガルフは答えずに声を張り上げた。

「おい聞いたか！　ここに神霊亀が来る！　逃げたいやつは逃げろ！」

鍛冶師たちがガルフの方を向き、その内の一人が問いかける。

「親方はどうするんですか？」

「俺は残る。頼まれごとを済ませねぇとな」

「俺たちもやります！　すぐ終わらせて逃げましょう！」

その言葉にガルフは首を振る。

「こいつは俺にしかできねぇ仕事だ」

「いつまでかかるんですか？　親方だけ置いていけませんよ！」

「さぁな。できたモンも渡さなきゃなんねぇし。取りに来るまで待つぜ」

「こんな時に来るやつなんていません！」

その言葉にガルフは真剣な目を向ける。

「確かにな。だが、セージは来る」

「セージ？　今は王都にいるらしいですよ！　来るわけないです！」

「あいつは神霊亀と戦うために来る」

「いや、王都からじゃ間に合わ、って神霊亀と戦う!?　セージが戦ってどうなるんですか！　千人もの騎士と冒険者が立ち向かって蹴散らされたんですよ！　神霊亀は倒せる相手じゃありません！」

ガルフはそう言った鍛冶師をギロリと睨《にら》む。

「だからなんだ？」

「なんだ、って、親方がどんなにいい武器を作っても神霊亀は倒せな――」

「倒せる倒せねぇってのが鍛冶師に関係あるか？」

ガルフの言葉に鍛冶師は口ごもる。

「お前は鍛冶を頼まれて、戦う敵にまで口を出すのか？　敵が強《つ》えぇから作らねぇって言うのか？」

「いえ、そんなことは、ないですが……」

「俺はセージから神霊亀と戦うための装備を頼まれた。わかるか？　俺はその依頼を受けてんだよ。何があろうと、俺は鍛冶師として全身全霊で世界最高の剣と盾を作る。それだけだ」

そう言うと、どしんと椅子に座って食事を開始した。

鍛冶師たちはガルフの意思に、もう何も言うことはなかった。

＊　＊　＊　＊　＊

初めてセージと出会ってから四年後、セージがまだ九歳の時のこと。

セージがガルフのもとに改まった顔つきでやってきた。

「どうした。またややこしい器具を作れって依頼か？」

セージはトーリの店で様々な薬を作っている。

高品質薬を作る際に使う器具は今までにないものも多く、その製造器具を全てガルフに作ってもらっていた。

「いえ、今日は違います。ガルフさん、ここで働かせてください！」

「お前はすでに薬屋で働いてんじゃねぇか」

「ここで働きたいんです！」

「おいおい、トーリのところはどうするんだよ。それにまだ九歳じゃなかったか？」

「ここで働かせてください！」

ガルフは同じ言葉を繰り返すセージを見る。

真面目な表情を取り繕っているが楽しそうな雰囲気を感じた。

（また訳がわからねぇこと考えてんのか。こいつはたまにこうなるよな。変わったやつだ）

器具の発注をしに来た時、セージがたまたま通った飛行魔導船を見上げていたので「乗りたいのか？」と聞くと「飛べない豚はただの豚ですからね」と答えたり、容赦ないダメ出しに落ち込む弟子のダリアに「諦めたらそこで試合終了ですよ」と慰めたりしていた。そういう時と同じ顔だ。

「……わかったよ。じゃあ、明日の朝から来い。先に言っとくが鍛冶師の仕事ってのは楽なもんじゃねぇぞ。それに、新入りは雑用からだ」

「了解しました！」

それからセージは毎日欠かさず来るようになったが、最初は心配していた。

当時、ガルフの鍛冶屋には二十人ほどの鍛冶師がいて、町に三つある鍛冶屋の中で最も大きい。

それに、他の鍛冶屋は窯業専門であったり、鋳物ばかり作ったりで、ガラス製品や武器を作っているのはガルフのところだけだ。

なので、ガルフの鍛冶屋に弟子入りしてくる者はそれなりにいる。しかし、辞めていく者も多くて数人も残らない。

ダリアと同時期に入った者は、ダリア以外全員辞めていった。

人や仕事に馴染《なじ》めない場合もあるし、過酷な環境に耐えられない場合もある。

鍛冶場の暑さにやられて倒れ、それっきり来なくなった者、重労働に腰を痛めて辞めていった者もいる。

そもそも九歳に耐えられるような場所ではない。

ガルフはセージもすぐに辞めてしまうんじゃないかと思って心配していたのである。

しかし、セージは順調に仕事をこなし、この鍛冶屋に馴染むのに一か月とかからなかった。

「ダリアさん、特製茶です。必ず飲んでくださいね」

「ありがとう、助かるよ」

「おい、早くこっちにもくれ！」

「はーい！」

大人にも臆することなく対応し、有能であるが謙虚なのが好まれた。

当時のセージのレベルは20であり、ＩＮＴやＭＰは人間離れしている。なので、大人と同程度の力仕事もでき、生活魔法は千回以上使えるのだ。

火起こし、風送り、換気、冷却水などの全てをセージ一人の魔法で賄い、水分補給でも薬師と調理師をマスターしたセージが塩やセンの葉などを加えて特製茶を作っていた。

（まさかこんなことになるとはな。あいつがいなきゃやっていけなくなるぜ）

体調を崩す者は少なくなり、ミスが減って品質は上がった。良いものが作れるとやる気も出る。

鍛冶場の環境は劇的に改善し、ガルフとしても助かっていた。

（それに鍛冶の腕前も見込みがあるってんだからな。ダリアは焦ってんじゃねぇかな）

鍛冶師の見習いになったとしても、すぐに鍛冶ができるわけではない。

半年から一年程度はきっちり雑用をこなして、それからやっと鍛冶ができるのだ。ここまで辿り着く者が一握りである。

しかし、セージは一か月後には全ての雑用をこなしていた。

大人並みのステータスと並外れたＭＰがあったからこそ可能なことで、普通の子供には無理なことだ。

セージの働きによって鍛冶師たちの仕事に余裕ができたこともあり、二か月経たないうちにセージは鍛冶を教えてもらえることになった。

そこでもセージは子供とは思えない力を見せた。鍛冶師に教えてもらいながらも手際よく作業し、品質は悪いがちゃんとした製品になったのである。

この世界でちゃんとした製品とは商人の特技『鑑定《カンテイ》』で名前が表示されるものを示す。

製品にならなかったものは原料名などが表示される。

見習いは陶器を作るのだが、ガルフの鍛冶屋では最初の鍛冶だけ鉄のナイフを作り、鍛冶師として働いている間はそれを大切に保管するという慣習がある。

大抵は製品にならず、鑑定すると『鉄』としか表示されない。セージのナイフは『鉄のナイフ低品質』と表示された。

前世の記憶の影響で、器用さのステータスも高く、雑用をこなしながら鍛冶師たちの様子をずっと観察していたことが功を奏した。

最初から製品になる場合もあるのだが、多くの者はうぬぼれてしまい結局そこから成長しなかったりする。

しかし、セージはそれで満足することなく、鍛冶に邁進《まいしん》した。

実際のところ、セージとしては鍛冶にというよりはランク上げに邁進していたのだが。

（本当にあいつは何なんだろうな。あれから少しでも時間があれば鍛冶に取りかかってめきめき腕を上げて、二年ちょっとで鍛冶師をマスターしちまいやがった。でも、それは金のためじゃねぇってんだからな）

見習いでは珍しく、セージには少し給金を渡すことにしていた。

セージが来て以降、利益が目に見えて増えたからだ。多少セージに渡すにも利益を考えると微々たるものである。

しかし、セージはそれを全て孤児院に寄付していた。

これはセージが孤児院で肉を食べたいからと、セージに時間がなくなった分、孤児院の子供たちに薬草などを採取させるためだ。

自分が欲しいものは薬屋の利益だけでなんとでもなる。

しかし、ガルフたちはそんなことは知らない。

セージが給金の全てを孤児院に渡していて、そのことをしばらく経ってレイラから聞き感動したのである。

セージの知らないところで、セージの株が上がっていた。

（それに、出ていく時にとんでもないものを残していきやがって）

セージがラングドン家の研究所長になり、さらに王都へ行くという話を聞いた時のことだ。

セージのサポートが受けられなくなると知って嘆く鍛冶師たちの中、ガルフはやっぱりそうかという気持ちだった。

ガルフとしては、セージがこんなところで満足するわけがないと心の隅で思っていたのである。思っていたより早かったが、いずれ出ていくだろうと想定していた。

鍛冶場の環境が良くなっている今、なかなか元に戻せない。これからどうするかということがガルフの考えることだった。

特製茶を買うことや魔法使いを雇うことなどに頭を悩ませつつ迎えたセージの最後の仕事日。

ガルフは仕事終わりにセージから呼ばれた。

この時から、ガルフのドワーフ生が変わった、いや、再び進み出したと言っても過言ではない出来事が起こったのである。

「どうした？　二人で話すことがあるなんて珍しいじゃねぇか」

仕事は終わっているのに一つの炉に火が入っており、その前にセージが立っていた。

セージの表情はいつも通りだが、いつになく真剣な雰囲気があった。

「ガルフさんにお願いがありまして。いくつかの武具を作ってほしいんです」

「はぁ？　何言ってんだお前、自分で作れるだろ？」

「最高の品が欲しいんですよ。僕が作るより確実にいい物ができますから」

鍛冶師をマスターしたといっても出来映えは変わらない。

薬師をマスターしていたトーリが普通品質の回復薬を作っていたように、作り方が重要なのだ。

そして、ガルフの腕前は王国の中でもトップクラスだと言われている。

「まぁいいがな。餞別《せんべつ》だ。何でも作ってやるよ」

「ありがとうございます。では遠慮なく、気合いの盾、精霊の籠手《こて》、氷結の剣をお願い――」

「おい、セージ。本気で言ってんのか？」

セージの言葉をガルフは途中で遮った。

その声に怒気が帯びているのは、それらの武器はガルフが作れないものであったからだ。


なぜ作れないかはガルフの若い頃に遡る。

ガルフの父親グレゴール・ザンデルはドワーフの里で有名な技工師だった。

技工師は鍛冶師と木工師をマスターすると現れる生産職で、武器や防具に魔法効果を付与することができる職業である。

鍛冶師ではステータスを上げる効果は付けることができるが、炎を出す剣や魔法ダメージを軽減する盾など作ることはできない。

ドワーフ族の中では物を作る職人が花形の職業、そして技工師は男がなりたい職業ナンバーワンだった。

ちなみに女であれば魔道具師が人気である。

国に認められた生産職の家門がいくつかあり、グレゴールのザンデル家もその内の一つだ。

ザンデル家は技工師の名門で多くの分家がある。その中でもグレゴールは剣の鍛造技術が飛び抜けていて、作れない剣はないと言われるほどであった。

さらに勇者に特別な剣を作り、魔王を倒すのに貢献したという伝説まで持っているため憧れる者も数多い。

グレゴールの息子であったガルフは、父親から鍛造技術を学び、剣を打ち続ける日々を過ごす。その甲斐《かい》もあり、鍛造技術は同世代で頭一つ抜け、将来有望な鍛冶師として認められた。

ガルフは木工師も早々とマスターし、十五歳で技工師になったそんな時のこと。

グレゴールは病を患い急死。ガルフに技工師としての技術を受け継ぐことなくこの世を去った。

怪我《けが》や事故で亡くなることは少なく、ドワーフ族は寿命も長いが、病気での急死は珍しいことではない。

ただ、まさか予兆もなくグレゴールが急死するとは思っていなかった。

愕然《がくぜん》としながらもガルフはグレゴールが剣を打っていた場面を思い出し、手探りで魔法剣を作り始める。

しかし、どうやってもほとんど魔法効果がない剣しか生み出せない。

父親の死による動揺、魔法の付与ができない焦り、先々に対する不安。

そんな状態で集中できるわけもなく、普通の剣でさえ今までより品質を落としてしまう。

さらに、金の問題も出てきた。

魔法剣の原料には金がかかる。金属だけでなく魔物の素材も必要になるからだ。

しかし、出来上がるのは大したことがない剣で、金は減る一方。

魔法剣を作ろうとすることさえ困難になっていく。

他の技工師に弟子入りしようにも、そうそう認められるものではない。

それに、グレゴールがガルフだけに教えるつもりで弟子入りを全て断っていたことも裏目に出た。同世代のドワーフはどんどん品質の良い剣を作り出し、ガルフは取り残されていく。燻《くす》ぶっているうちにザンデル家の名を剝奪《はくだつ》され、ガルフはドワーフの里を出た。

そして、元の名前ガブリエール・ザンデルを捨ててガルフとなり、人族の町に移り住む。

別に人族の町がよかったというわけではない。ただ単に人族なら比較的ドワーフに友好的で、鍛冶師でも生活ができるからだ。

ケルテットの町に来たのも特別な理由はない。山や森が近くてドワーフの里から離れた場所ならどこでもよかった。

逃げるようにして来た町でも、たまに魔法剣を作ろうとしていた。

グレゴール・ザンデルの息子、ガブリエール・ザンデルとして、そうそう諦めることができなかったのだ。

しかし、どれだけ試行錯誤しても上手《うま》くいかず、人族の弟子を多く抱えるようになり、最近は挑戦すらしていない。

だからこそ、当たり前のように魔法の効果がついている剣や盾を要求してきたセージに、そしてその期待に答えられない自分自身に怒りを抱いたのである。

(ドワーフだからって誰もが魔法をつけれるわけじゃねぇんだぞ)

ガルフの怒りに対してセージは飄々《ひょうひょう》と答える。

「えぇ、もちろん本気で言っています。コツさえわかれば魔法の付与は難しくありません」

「お前なぁ！　それがどれだけ――」

「でも！　剣の性能を決めるのは鍛冶師の技術です！」

怒鳴るガルフに大声を被《かぶ》せるセージ。

普段と異なる真剣なセージの勢いにガルフは言葉を止めた。

セージの言うことは真実だ。鍛冶師をマスターしたセージとガルフが同じ原料で同じ鉄の剣を打ったとしても性能、つまり攻撃力が異なる。

当然、鉄の剣よりミスリルの剣の方が攻撃力は高く、武器によって上限はある。

ただ、ガルフは限界まで性能を引き出せるのだ。

セージはランクを上げるということに集中していたため、剣の性能を上げることには力を注いでいない。

セージが鋼の剣を作ったとしてもガルフの鉄の剣と同程度だ。

「僕が打っても低い性能しか出せません。ですがガルフさんの技術があれば最高の装備ができるはずです」

「……性能が高かろうが作れなきゃ意味がねぇんだよ」

「それではよく見ていてくださいね」

ガルフの言葉を無視して鍛冶の準備を始めるセージ。

言いたいことはあったが、ガルフは黙ってその様子を見た。セージの目に決意のようなものがあったからだ。

セージは置いてあった剣を手に取る。

「さて、この剣は僕がさっき用意していた完成前の基礎の剣です。ここまで特に注意する工程はありません。今回は氷結の剣を作るのでミスリルと鋼を使っています。これを炉に入れます」

ガルフは剣を見て、粗さはあるが丁寧に作られている悪くない剣だと思った。

そして、熱されて赤くなってくる剣を見つめる。

「色が重要ですからね。よく見ててください。その部分がオレンジになるくらいの瞬間を見極めます……ここ！」

ざっと取り出すと、石の上に置いてすぐに粉末をかける。

「パッとかけたらリズミカルにぃ！　叩く！　はい！　叩く！」

セージは声を出しながらリズミカルにカンッカンッとハンマーで叩く。ＦＳ12に出てくるミニゲームで完璧に覚えたリズムだ。

ただし、ゲームでできるのはリズムだけなので、リアルで打つのとは異なる。

ガルフから見たらその力加減や打ちつける場所、角度、どれもが完璧ではない。

そうだというのにセージの姿は父親の姿を彷彿《ほうふつ》とさせた。

「はいっ！　炉に入れる！　回数も大切なんですが後で説明します！　今は色！　大事ですからしっかり覚えてくださいね……ここ！　この色が最高！　叩きはリズムが、大事！　パッとかけてー、叩く！」

セージは止めどなくしゃべりながら作業を続け、ガルフはその作業を必死に見る。

父親は口数の少ないドワーフでセージの教え方とはかけ離れていたが、昔の光景を思い出してしまうのは音のせいかもしれない。

リズムが一緒なのだ。

父、グレゴール・ザンデルが魔法剣を打つリズム。簡単そうに打つ作業の中にどれだけの積み重ねがあっただろう。

そのことがわからず、いつか教えてもらえると甘えてしっかり見ていなかった自分を何度呪ったことか。

セージは何度か繰り返し、魔法付与の工程を終える。

「はいっ、ここまでー。後は冷やして普通の砥石《といし》で研ぎます。この工程に特別なところはありません。その後は細工を施して、出来上がったものがこちらになります」

セージは別の場所から一振りの剣を取り出した。

「鍛冶師をマスターした今の僕が全身全霊をかけて丁寧に作った最高の剣、なんですが品質は普通ですね。まぁそれはいいんです。これが、氷結の剣です」

ガルフはその剣を鑑定し、セージの言う通りであることを確認する。

氷結の剣などの物理攻撃に魔法攻撃を加える剣はドワーフの里でも作れる者が少なく、慣れた者でも必ず成功するとは言えない。

「なぜ作り方を知っている？」

「技工師の本を読んだからですね」

「はぁ？　そんなもんで作れるわけねぇだろ」

「すごくわかりやすい本が手に入った、ということにしておいてほしいんです」

「どういうことだよ」

「わざわざ親方だけ呼んだのは内密にしてほしいからなんですよね。詳細は省きますけど、グレゴール・ザンデルという鍛冶師の真似《まね》をするミニゲ……えーっと、まぁ魔法剣を作ってるところを見て、それを真似しただけなんです」

セージはミニゲームと言いかけて慌てて誤魔化《ごまか》したが、ガルフはそれどころじゃなかった。

「グレゴール……ザンデルだと？」

「ええ、知らないですか？　ドワーフの里では有名な鍛冶師だと思うんですけど、この辺りでは聞かないですよね」

(なぜ、その名を知っている？)

もう二十年以上前にガルフの父、グレゴールは亡くなっている。

それにこの地はドワーフの里から遠く、当然その名前を聞くことはない。

「さて、それはさておき、ガルフさんにこれを作ってほしいんです。盾の作り方も教えます。お願いできますか？」

セージは穏やかに微笑んでガルフに頼む。

(俺がこれを？　グレゴール・ザンデルの真似ってことは、親父《おやじ》の技を継ぐってことだよな。まさか今になって……俺でいいのか？)

「俺に教えてよかったのか？　これから王都に行くんだろ？　そこから北にはドワーフの国もある。俺は別の国から来たからよく知らねぇが、俺よりすげぇ鍛冶師なんざ山ほどいるだろうよ」

そんなガルフの言葉に、セージは少し首をかしげて答える。

「教える許可は取ってないんですけど、たぶん大丈夫でしょう。バレませんし。グレゴールさんよりガルフさんの方が高い技術を持っていますから、知っていて不自然でもありません」

「まさか、そんなはずは……」

「数多くの武器を見てきた僕が保証します。ガルフさんは世界最高の鍛冶師です。ガルフさんより腕のいい鍛冶師はいませんから、ガルフさんに作ってほしいんです」

セージはガルフのことをチート鍛冶師だと思っていた。

FSシリーズでは同じ名前の武器でもナンバリングによって攻撃力は異なる。

セージは武器を実際に作ってみて、それは品質の差だと考えるようになった。

そして、ガルフ作の武器はセージが上限だと思っている攻撃力の値以上、つまり、歴代最高を超えている。

例えば、FSシリーズで鉄の剣は攻撃力＋28が最高だが、ガルフ作の鉄の剣は攻撃力＋32である。

たかが＋４の違い。

しかし、セージは周りの鍛冶師を見て知っている。

ガルフの鍛冶屋で一番腕が良く＋26の鉄の剣を作ることができる鍛冶師が＋25から１上げることにどれほどの修練を重ねる必要があったか。

ガルフは魔法付与ができないからこそ、鍛冶の技術のみを磨き続けて超一流の腕前になっていた。

その技術は唯一無二のものだ。

ガルフは自分を世界最高の鍛冶師だと自信を持って言いきるセージを見る。

なぜか亡き父にも認められたような気分になった。

(俺が世界最高の鍛冶師か。ドワーフの里から逃げ出した俺が。そうだな、俺は名匠グレゴール・ザンデルの息子、そしてグレゴール・ザンデルを超える男。グチグチ言ってる場合じゃねぇ)

ガルフはセージをまっすぐに見据えて答えた。

「そうまで言われちゃ仕方ねぇな。作ってやるよ。世界最高の剣と盾をな!」

＊　＊　＊　＊　＊

〜Side　ティアナ&ローリー〜

孤児院出身で服飾師になったティアナは、にわかに騒がしくなった町を歩いていた。

現在十七歳、働き始めて六年目に入っている。子供っぽさが薄れてきたが、つり目がちの目やポニーテールは変わっていない。

ティアナは慣れた足取りで大通りから横道に逸《そ》れて、元トーリの薬屋であるローリーの雑貨屋のドアを開ける。

カランコロンという音と共にローリーがティアナの方を向いた。

「ティア、いらっしゃい」

「盛況みたいね。商品がほとんどないじゃない」

ティアナがぐるりと店内を見回す。特に薬系は少なかった。

「まあね。こんな事態だから薬の入荷は止まったし、冒険者たちは護衛の仕事で稼ぎ時だって買い込んでいくし、今朝には商品がなくなっちゃったよ」

「これじゃあ商売にならないわね。服を作って持ってきたから服屋にしたら？」

ティアナが袋から服を取り出しながら言う。店の一角に服のコーナーがあり、何着かの服が掛けられていた。

ティアナが働いている店ではフリーサイズの普段着や小物、鞄《かばん》など生活で使う物を作ることがほとんどだが、ローリーの店に置いているのは冒険者用の服だ。

普段着と違い防御力が高く、ものによっては魔法耐性などの効果が付いている。

これらはオーダーメイドの品になり、購入希望者を採寸して作るものだ。さらに前金も必要である。そうでないとティアナが素材を買う余裕がない。

「服屋にしたら店が潰れるよ」

ローリーがおどけたように言う。

確かに服はそこまで頻繁に売れるものではない。

冒険者向けだが、冒険者は盾や鎧を重視しがちである。

「言ってくれるわね。そのうちこの店は私の服を求めて大勢のお客さんが来るようになるわ」

「そうなると助かるんだけどね。頑張ってー」

期待してなさそうに言うローリーの目の前にティアナがドンと荷物を置く。

「これが新しい服。絶対売れるから」

荷物から取り出したのは黒いローブだ。

ローリーは目の前に出されたローブを鑑定して、目を見開き、もう一度鑑定した。

「えっと、闇のローブ？　ど、どうしたのこれ？」

ＦＳのゲームで闇のローブは上位互換の装備があるものの、中盤から終盤にかけて活躍する優秀な装備である。

魔法効果の付いた服系の装備は、服飾師と細工師をマスターしてなれる魔道具師が作るものであり、魔道具師は器用な人系種族やドワーフ族に多い。特にドワーフ族の女性と小人族は魔道具師として有名である。

人族にも魔道具師は多く、白のローブや風の服など回復量や素早さを上げる効果を持つ装備が作られていた。

その効果はわずかだが、それでも普通の服と比べれば高級品だ。

ローリーが驚いたのは闇のローブが攻撃魔法を20％減少させる効果を持つ一品だったからである。

さらに防御力もその辺の鎧より高い。

高い効果を持つ装備は存在しているのだが、製法がわかっていないものがほとんどだ。

研究所で製法が研究されていたり、一部の貴族がコレクションしていたり、冒険者が使っていたりして、市場に出回ることも珍しい。

「どうしたって私が作ったに決まってるじゃない」

「そんなはず……あっ、まさか」

「なによ」

「盗んだの？」

「そんなわけないでしょ！」

パァン！　とティアナがローリーの頭を叩く。

「ちょっとティア！　思いっきり叩きすぎでしょ！　ＨＰ減ったよ！」

「ちょっと減っても誤差よ、誤差。ほっとけば回復するでしょ」

「セージじゃないんだから。ホントにもう。薬草でも飲もうかなぁ」

衝撃を感じた頭を撫でつつローリーはセージを思い出した。

セージは凄腕《すごうで》の薬師なのでいくらでも薬草でＨＰを回復することができる。なのに、ちょっと減ったくらいでは全く気にせず回復もしていなかった。

ＨＰ０になっても平気で笑っていられることに、ローリーはちょっと引いていたりもする。

「そんなことより！　この服は私が作ったの！　これを売って大儲《おおもう》けよ！」

「なんで作れたの？　ティアが働いてる店って、装備研究する感じじゃなかったよね？　前は商会で働いてたからこんな装備があるって知ってるけど、それでも実際に見たのは初めてだよ？　それを急にティアが作れるっておかしくない？」

「それはあれよ、あれ。えっとー……」

「セージに教えてもらった？」

「えっ、なんでそれを、あっセージから聞いてたわね！」

非難するような眼差《まなざ》しを送られたローリーはため息をついて答える。

「違うよ。ティアが闇のローブを作るなんておかしいけど、セージが頼んでたらありえるかなって思っただけ。ジッロにも腕輪とか頼んでたしね」

「……確かにそうね。悔しいけどあいつはすごいわ」

ティアナは仕方ないといった雰囲気でそう答えた。

「すごいっていうか、おかしいって気がするけど。それで、そのローブ、この店で売るつもり？」

「これは頼まれた分だからセージに渡すやつ。けど、セージが取りに来るまで見本として飾っておけば誰かが依頼してくれるかもしれないでしょ？」

ティアナがローブを広げてどこに飾ろうかとレイアウトを考える。ローリーは店にお客さんがいなくてよかったと思った。

「それは飾らないよ。セージが取りに来るまで僕が預かっておくね」

「どうしてよっ！」

「ティアはそれをいくらで売るつもり？」

「それは、まだ考えてないけど。私は相場がわからないからローリーに相談しようと思って。金貨一枚くらい？」

ティアナは、セージから頼まれた時にポンと金貨一枚を渡されて慌てたことを思い出して言った。

普段は銅貨、大きな買い物でも銀貨までしか使わない庶民にとって、金貨はあまり見ることがない硬貨だ。

持ち歩くだけでそわそわしてしまう大金である。

だが、ローリーは再びため息をついた。

「やっぱり。金貨一枚なんてありえないよ。最低でも金貨五枚」

「金貨五枚!?」

「売り方を考えれば十枚は超えるんじゃないかな？　いや、僕の想像を遥《はる》かに超えた値段がつくかも」

「そっそんなに!?」

「というわけでそんなもの置いとくわけにはいかないよ。盗《と》られたらどうするの？　買う人がいても、どうやって作ったのか問いただされるだろうね。ティアが買った素材を調べられて、そうなったら……」

「わかったからもういいわ！　私が超有名な服飾師になって自分の店を持ったら売ることにする！　セージは売ってもいいって言ってたから！」

「セージは知識がある割に常識がないんだよ。本当にそうなった時は売る前に相談してね」

「なによ、ローリーのくせに。でも相談くらいならしてもいいわ」

ローリーはそんなティアナの強気の姿を見て変わらないなぁと少し笑う。

「ところで、ティアは逃げないの？」

「逃げないわ。今さら逃げようとしても一人じゃ逃げられないし、冒険者の護衛なんて高い料金吹っ掛けられるだけよ。それにどうせセージが来てなんとかするもの。無駄よ無駄」

「そうなんだ。僕は逃げるけどね」

「はぁ!? なんでよ！」

「セージがもし逃げようと思った時に僕が町にいたらどうすると思う？」

憮然《ぶぜん》とするティアナに、「もしもの話だよ」と念を押すローリー。

ティアナはそんなもしもの話を想像してみた。

「まぁ、一緒に逃げるんじゃない？」

「そうだよね。セージって何でもできるし、僕らとは考え方が違ってて、いつも忙しくしててさ。なんというか、ちょっと距離を感じることもあるんだけど、でも絶対に見捨てたりしないんだよね」

「それがどうしたの？」

「セージはおかしいけど、神霊亀もおかしい魔物だよ。両方ありえないようなものだから。戦ってどうなるか僕にはわからないんだけど、セージなら負けるとわかったらすぐに逃げるかなって。そんな時、僕らがいたら？」

ティアナは黙って想像する。その想像はティアナにとって決して良いものではなかった。

「いろいろと考えて僕は逃げることにしたんだ。とりあえずセージが来るまでは待つけどね」

ティアナはローリーの言葉をじっくり考えて質問した。

「それで、ローリーはどこに逃げるわけ？」

「えっ？　まぁ、とりあえず領都まで行って……あとはどうなるかわからないし、また状況によって考えるつもりだけど」

「そう、奇遇ね！　私もちょうど領都まで観光に行こうと思ってたところなの。働いてる店は休みになったし、セージに頼まれてた仕事も終わったからね。たまには羽を伸ばさないと。せっかくだからローリーと一緒に行くわ！」

ローリーはその言葉に笑ってしまう。

ティアナは不機嫌そうにそんなローリーを睨んだ。

「なによ、文句あるわけ？」

「いいや、ないよ。じゃあ一緒に行こうか」

「そうと、決まったら準備しなきゃ。あっこれ預かっておいてね」

ティアナは闇のローブをローリーに押し付けて出ていくのであった。

＊　＊　＊　＊　＊

セージたちは飛行魔導船に乗り込み、王都からラングドン領都に向かう。

飛行魔導船とは創造師アンゼルムが造った空飛ぶ船のことだ。

簡単に言うと、海を航行する木造船の上に、楕円形《だえんけい》のバルーンを繋げたような形状をしている。

そして、バルーンが浮かんで移動するのだが、なぜ浮かぶのかはわかっていない。

バルーン内部は空洞で、中央にいくつかの魔石が設置されているだけである。

また、内部からバルーンに付いている翼や尾翼の調節ができる。

これは飛行魔導船の初期型の特徴で、船部分に翼が付けられたり、船形が箱形になったり、バルーンに装飾がされてたり、後期型とは少し異なる。

今回乗った飛行魔導船は初期に造られたものになる。

乗客が乗る場所は船部分であり、セージは甲板で外を眺めていた。

「ここにいたか」

セージの隣にルシールが声をかけながら立つ。

今は夜。月のような衛星が二つあり、灯《あか》りがなくても顔が見える程度には明るい。

急にルシールが来たことにセージは目をしばたたかせた。

「あれ？　ルシィさんも景色を見に来たんですか？」

「いや……セージは何を見ていたんだ？」

ルシールは景色を見ようとしたわけではなく、セージに会いに来ただけだ。

そもそも月明かりがあるとはいえ、景色が楽しめるような明るさではない。

セージは明るい間に飛行魔導船の内部を見て回り、暗くなってからはせっかくなので外を眺めていた。

錬金術師のランク上げ道具をあまり持ってこられず、時間が余っているということもある。

「何を見ていると聞かれると……世界、ですかね」

「世界？」

「そうです。例えば、灯りが見える町とか、あの山の頂の焔《ほのお》とか、そこの月明かりを映す湖とか」

ルシールは何度か飛行魔導船に乗ったことはあったが、夜の景色をまじまじと見たことはなかった。

セージに言われて見てみると、ただ暗いだけだった景色が少し煌《きら》めいて見える気がしてくる。

「確かにな。昼とはまた違った見え方だ。ものによっては夜の方がわかりやすいかもしれん」

「ええ、昼は明るくていろいろなものがよく見えますが、それ故に見えなくなるものもあるのでしょうね」

「明るいから見えないか。不思議なものだ。セージは冒険者になって世界を見て回りたいと言っていたな。こうして見える場所にも行くつもりか？」

「ええ、もちろんです。いつかこの世界の果てまで全てを見て回ることが夢なんです」

ルシールはセージをちらりと見た。

世界の果てまで全てを見て回るなんて無理だと誰もが言うだろう。

ただ、セージなら成し遂げてしまいそうだとルシールは思った。

「……それは壮大な夢だな」

「ええ、世界は広いですから。僕はまだグレンガルム王国、その中でも数か所しか行ったことがありません。どこでも生きていけるほど強くなって旅をしたいですね」

「以前もそんなことを言っていたな。どうしてそこまでするんだ？」

ルシールは疑問に思う。

基本的にこの世界の住人は同じ場所で生活し、旅を目的とする者は少ない。

当然、生活のための仕事があるからだ。

商人や冒険者の中でも旅をし続けるような者は少なく、旅の目的は金、名誉などだ。しかし、セージがそういったことに興味を持っているようには思えなかった。

セージはルシールの問いに少し考えて答える。

「この世界が好きだからですね。だから、知らないもの、体感したもの、全てにワクワクするんです。訓練もランク上げもこうして世界を見ているのも、すべてはこの世界を楽しむためにしていることですから」

その言葉にルシールは柔らかく微笑む。

「この世界を楽しむため、か。セージらしいな」

「今こうして神霊亀と戦うために向かっているのもそうですよ。撃退する自信はありますが、神霊亀相手となると何が起こるかわかりませんし、今はまだ手を出す相手ではありません。けど、撃退できると思ったからこそ、もしケルテットの町、そしてラングドン領を守るために動かなかったらこの世界を楽しめなくなりそうで、それが一番恐ろしいことです」

「それで神霊亀と戦おうとしていたのか」

ルシールはセージの言葉に納得する。

実はセージが神霊亀と戦おうとしていることを少し意外に思っていた。

英雄願望もなく、わざわざリスクを取るタイプでもない。

無理に戦うより逃げることを選択すると思っていた。

「ルシィさんが戦うのは純粋にラングドン領を守るためですよね？　やっぱりラングドン領の騎士になりたいんですか？」

「いや、騎士になることとは関係がない。そもそも、すでに騎士になろうと思えばなれるだろう」

「あれっ？　そうなんですか？」

そこでルシールはセージに目を向けてパーティー申請を出す。

「セージ。私はとうとう勇者になった。このままレベル上げと訓練を続ければ、どの領の騎士団でも頂点に立てるだろう」

セージはパーティー申請を承認し、レベルやＨＰ・ＭＰを確認した。

職業はわからなくともレベル50以上であれば上級職、つまり勇者になったことがわかる。

「全てセージのおかげだ。本当にありがとう」

「いえ、ルシィさんが頑張ったからですよ。このステータスになるには相当鍛えたでしょうし」

ステータス全てが確認できるわけではない。

ただ、セージはレベルとＨＰ・ＭＰからステータスを推測していた。

ルシールはそこでふとセージの表示を見る。

「セージも上級職か。相変わらずＭＰがおかしいな。こんな値、初めて見たぞ。もしかして、９９９が上限なのか？」

「ええ、そうですよ。これ以上は上がりません。計算上は９９９を超えているはずですからね」

軽く言うセージに、ルシールは少し驚いたあと、呆れたようにふふっと笑う。

「さすがだな。常に私の想像の上をいく」

「まぁルシィさんももっとレベルを上げれば上限になるステータスも出てきますよ。それで、レベルを上げたあとはラングドン騎士団に戻るんですか？」

「それはないな」

ルシールはそう即答した。

「あれっ？　じゃあ他の領？　あっ王国騎士団ですか？」

そのセージの問いに、ルシールは首を振って答える。

「まずはさらに強くなることからだが、その先は明確に決まっていないな。今はもう弟が次期領主になるべく日々頑張っている。そこに勇者になったからといって横槍《よこやり》を入れるわけにはいかない」

ルシールは視線を前、まだ見えないラングドン領に向ける。

「だが、もしラングドン領が危機に陥ったとき、私はそれを無視することはできないだろう。今回、それがわかったからこそ、他の領に行くことも考えられない」

「じゃあ、冒険者ですか？」

「そうだな。騎士への憧れはあるが、それを求めることが最良とは限らない。私は私の騎士道を貫くため、まずは冒険者として人々を守る役割を担おうと考えている」

セージはルシールの覚悟を決めた表情を見て、悩みつつ言葉にする。

「うーん。フリーの騎士……えっと、自由騎士団とか作ってはいけないんですか？」

「自由騎士団？」

その聞き慣れない言葉にルシールは不思議そうな目を向ける。

「どこにも所属していない騎士団ってことです。自分で騎士団を作ってもいいかと思いまして」

「それは、騎士と言っていいのか、なんとも言えないが……結局冒険者や傭兵《ようへい》の仕事をする形になるんじゃないのか？」

「……まぁ、そうですけど。でも気分は変わりませんか？　そもそも、騎士の仕事は冒険者や傭兵、警備兵のようなものですよね？　領主に雇われているというだけで、やっていることは同じかなと。つまり、領民に雇われる騎士団ってことですね」

「……そうか。領民に雇われる自由騎士団。それもいいかもしれないな」

ルシールは呟くように言って、隣のセージに視線を合わせて微笑み、前を向く。

夜の帳《とばり》が下りた世界に点在する灯火《ともしび》、今まで見落としていた光。

しばらくの間、ルシールはその光を見つめるのであった。

第四章

# 最終決戦

セージはルシール、カイルパーティーと共にラングドン領都に降り立ち、領主や研究所への挨拶と買い物を済ませるとすぐにケルテットの町までやってきた。

ラングドン騎士団は来ていない。ついてきたのはギルとルシール直属になった五人の騎士だけである。

その騎士たちはルシールの賭博に付き合わされた者たちだ。男三人女二人、歳《とし》は二十から三十の間で比較的若い。

男性ばかりのラングドン騎士団で女性の騎士はこの二人だけである。

他領では女性の方が多くなりがちな魔法騎士団でさえ、ラングドン領魔法騎士団の女性の割合は二割に満たない。

非常に珍しい存在と言えた。

一人は巨人族のクォーターで、ギルと同じくらい背が高く体格が良い。

もう一人は純人族ながら同じくらいの身長で、腕の長さを生かした、しなやかな攻撃を得意とする。

二人共優秀な騎士だ。

騎士たちを含めてセージのパーティーは十三人。前回神霊亀《しんれいき》と戦った騎士千人と比べると圧倒的に少ないが、ラングドン騎士団は領都で待機しているため仕方がない。

ラングドン騎士団が動かなかったのは、セージが必要ないと言ったこともあるが、当主のノーマンが神霊亀を倒すためには領都にある兵器が必要だと考えているからだ。

神霊亀がラングドン領に襲来する可能性は、八年前からわかっていたことである。

かつての戦いに参加していたノーマンは普通に戦っても勝てないと思い、大型の弩弓《どきゅう》や投石器を作らせていた。

大型なので長距離移動はできない。領都に神霊亀が来たとき迎撃するための兵器である。

ノーマンはセージとルシールがケルテットの町まで行くと言い出した時はすぐに止めた。しかし、ルシールの中でラングドン家への執着はなくなっており、好きに生きると決めている。ノーマンに止められるものではなくなっていた。

二人共行くと断言したのだ。

ルシールの覚悟に何を言っても無駄だとすぐに悟ったノーマンは、急いでルシールを慕う者たちを直属につけて、何か危機があれば引きずってでも連れて帰るようにと密命を授けたのである。

セージはケルテットの町に着いてすぐに、頼んでいた装備品を受け取りに回った。

もしかしたらすでに避難していないかもしれない、と思って急いだのだが、ガルフやジッロ、ティアナ、ローリーまで待っていた。

それぞれが依頼通り仕上げてくれており、ローリーはセージ用にと隠して置いてあった高品質薬などをくれた。

ケルテットの町の住民はほとんどいなくなっており、異様な静けさになっている。

ナイジェール領が滅亡したことは誰もが知っていることであり、さらにラングドン騎士団が領都で待機することが伝わって町の人は我先にと逃げ出したのである。

宿屋も開いていないため、セージたちは孤児院に泊まることを決めた。

孤児院を出てから半年も経《た》っていないので、ほとんど変わっていない。

勝手を知っている上に調理師をマスターしているセージが手早く料理をして皆に振る舞う。

「ご飯を食べたら作戦会議と軽い訓練ですからね。あっ、そこはマルコムさんの席ですから一つずれてくださない」

「えっ僕の席は決まってるの？」

「マルコムさんだけじゃないですよ。少し料理の内容を変えてるんです。調理師をマスターしているので、それぞれ作戦に合ったステータス補正がかかるように調整しています」

「そんなことまでできるんだね！　あたしは肉が好きだからこの料理で嬉《うれ》しい！」

「僕も肉がいいんだけどなぁ」

マルコムは目の前の魚の干物を見下ろしながらぼやく。

「騎士の方々は役割が一緒なので全員同じものですけど、もし調整したいステータスがあれば言ってくださいね。さて、いただきましょうか」

全員揃《そろ》って食事前の祈りを捧《ささ》げる。

この世界のスタンダードな祈りは手を胸の前で組み、静かに心の内で女神リビア様に祈ることだ。

セージは表面上はみんなと同じにしているが、心の内では『いただきます』と言っているだけである。

「すみません。家具を少し小さめで作っているので使いにくいですよね」

「確かに食べにくいな」

セージの言葉に返事をしたのはルシールだ。

セージとマルコムはまだしも、ルシールとヤナでも身長は百七十センチ程度あるので孤児院の椅子や机はキツそうである。

ルシールは遺伝のためか背が高く、ヤナはエルフ族だからだ。エルフ族の場合、男女共に百七十センチ前後で差がほとんどない。

「ルシィはまだいいじゃん。あたしなんてこれだよ？　背中が丸くなっちゃう」

ミュリエルも他の者もそれ以上の体格なので、非常に窮屈そうに食事をしている。

それに騎士たちは少し緊張しているようで、気持ち的にも窮屈そうであった。

「確かにミュリよりかはマシか」

「それを言ったらマルコムはちょうどだけどね」

「ちょっと待って！　僕だって小さいと思ってるよ！　ほら！」

ちょっと背を丸めて食べるマルコム。

普段は普通の椅子と机を使っているため本人は小さく感じるのだが、見た目には違和感がなかった。

「えっ？　ぴったりじゃん」

「確かにな」

「いやいやいや！　そんなことないって！　セージも言ってやってよ！」

身長が近いセージに同意を求めるが、セージはすました顔で答える。

「僕はちょうどいいですけど」

「裏切り者！」

嘆くマルコムは不貞腐《ふてくさ》れて魚に齧《かじ》りつく。

「それはそうと、作戦会議とは何をするつもりだ？」

「作戦会議というか、戦い方を伝えるだけなんですけどね」

疑問に思うルシールに少し照れながら答えた。

セージは作戦会議という言葉の響きが気に入って使っただけなのだ。

「俺はあいつに勝てる気がしねぇんだが、何か策があるのか？」

この中で唯一、神霊亀と戦ったことのあるギルが質問し、セージはサラッと答える。

「策というほどのものはありませんよ。神霊亀って基本的にデバフも状態異常も効かなくて防御のステータスが最大なんです。さらに、ＨＰは大きさによりますが小さくても一千万を超えるという超耐久型。そのくせに回避不可の超遠距離魔法や一撃死確定の物理攻撃力を持つ怪物ですからね」

「おいおい、そんなやつに策もなくどうやって勝つつもりだよ」

「正面突破ですね」

ギルは齧ったパンを飲み込んでため息をつく。

他のメンバーは食べながらも耳はセージとギルの話に集中していた。

「お前なぁ、前回それで騎士たちが千人やられてんだぞ。ほとんどが近づく前に魔法で一撃だ。中には死んだやつだっている」

「そうでしょうね。神霊亀の魔法攻撃に耐えられる人はいませんから。でも今回は僕がいます。補助はしてもらいますけどね」

セージは当然のように言う。それは事実を述べるかのような口調であった。

「僕が盾になって攻撃できる範囲まで皆さんを連れて近づきます。正面から突破できるんですよ」

「それで正面突破したあとは？　八年前の俺でさえＨＰを削った感覚なんてほとんどなかったぞ。なのに相手の攻撃は一撃でＨＰ０だぜ？　どうするつもりだ？」

「確実にＨＰを10削る武器を用意しています。神霊亀の攻撃パターンの内いくつかの攻撃には大きな隙があるんですよ。その間に総攻撃を仕掛けます。それ以外は一撃入れて逃げるを繰り返してください。タイミングは事前に教えますよ」

「それで？　相手のＨＰは一千万だろ？　一撃で10じゃ終わらねぇぜ。千人いりゃいいが、今は十三人だ」

「まず倒すのは無理ですよ。途中で確実に全滅しますから。目標は一時間でＨＰを百万以上削って撃退することですね。主体は僕が魔法でＨＰを削りますので大丈夫です」

「そうか。魔法で撃退できるなら剣で攻撃する意味はあるのか？　攻撃しろと言われたらするがな」

「もちろん意味があります。物理攻撃をしないと僕が狙われ続けて、カイルさんが死にます」

急に名前を出されたカイルが驚く。

「おい、なぜそこで俺が出てくる。勝手に殺すな」

「いやぁ、それが作戦なんで。詳しいことは後で話しますが、カイルさんにはスケープゴートを使って僕の代わりにダメージを受けてもらいます。あっ、ダメージっていうのはＨＰが削れることを指しています」

この世界には英語の言葉が少なくて伝わらないことがたまにあるため、セージはなるべく言葉の説明を入れるようにしていた。

「神霊亀へのダメージソースは僕なので狙われやすいんですけど、物理アタッカーがいると攻撃パターンが増えるんですよね。踏み潰し、のしかかり、尻尾《しっぽ》攻撃、スモークあたりを引き出してくれると……」

ただ、頭の中ではゲーム用語で考えている。意識していないとそのまましゃべり、何も伝わらないことも多い。

セージは皆の表情に疑問符が浮かんでいることに気づき、簡単に言い替える。

「つまりは前衛がいないと後衛が死ぬので、騎士の皆さんは後衛を守るためにたくさん剣で攻撃してくださいってことです」

「そうか。詳しいことはまだ何もわからねぇが、それで追い返せるってんならいい。後でちゃんと教えろよ。それに、守るために戦うっていうのは悪くねぇな。騎士の本分だ」

ギルは満足そうに頷《うなず》く。

他の騎士たちはセージが何者なのかという疑問を抱きながら、ギルが信頼し納得しているので文句は出さなかった。

今度はルシールが質問する。

「私も攻撃役に入るのか？」

「いいえ、ルシィさんはカイルさんと共に盾役をお願いします」

「私は攻撃でもなくスケープゴートも使わないのか？」

ルシールが不満そうな声を上げる。

勇者になった自分がどれだけできるのか試したい、そして、自分だけが安全なところにいるのは嫌だという気持ちが強い。

あとわずかにセージの役に立って良いところを見せたいという気持ちがあった。

「カイルさんがスケープゴートを使うのはこの中でＨＰが一番高いからです。だから、カイルさんは僕のためにＨＰを温存しててほしいんですよ。つまり、ルシィさんにメインで僕を守る盾役になってもらいます」

「そうか。それならいいんだ」

「期待していますよ。僕は精霊士プラス装備で耐魔法専用になってるんです。物理攻撃に弱いので、直撃したらカイルさんが倒れますからね」

「俺が一番危険じゃねえか」

睨《にら》むカイルに対して、にっこりと笑顔を向けるセージ。

「そうなった時は私がスケープゴートを使う。全身全霊でお前を守ろう」

「ありがとうございます、ルシィさん。でも、先にカイルさんの回復を優先してください。『リバイブ』、得意ですよね？」

ルシールはマーフル洞窟でセージから発音を教わり『リバイブ』を唱え続けた。

その魔法発動速度は最速と言っていいレベルである。

「ああ、誰よりも速い自信があるぞ」

「速い？」

次に声を上げたのはヤナだ。

「ああ。セージ直伝だからな」

「ちょっと聞かせて」

「ほう、気になるのか？」

「同じパーティー。蘇生《そせい》と回復のタイミングを合わせるため」

「なるほどな。だが、並みの回復魔法より速いぞ」

「私の、回復魔法が並みの速さかはわからない」

いつになく挑戦的なルシールにヤナも言い返した。そんな二人にセージが割り込む。

「訓練は後でしますから、とりあえず食事を済ませましょう」

こうして、ゆったりとした決戦前夜を過ごすのであった。

＊＊＊＊

「忘れ物はないですか？　それぞれ役割は覚えていますか？　不安があったら聞いてくださいね。それでは出発しまーす」

セージはまるで遠足に行くかのように号令をかけて歩き出した。

夜明けすぐの出発で辺りはまだ薄暗い。両側に森が広がる道には闇が残り、不気味に見える。

だが、セージに続いてミュリエルも気楽な声を出した。

「なんだか遊びに行くみたいだね！」

緊張感のないミュリエルをカイルがたしなめる。

「気を緩めるなよ。神霊亀以外にも魔物はいるんだ」

「どうせ神霊亀に会うのは昼頃になるんでしょ？　それに、この辺の魔物って弱いしさ。襲われるならホーンラビットがいいなぁ。おいしいし」

夜目がきくミュリエルにとって、夜明け過ぎの明るさがあれば苦にならない。

それに、魔除《まよ》けの香水を使っているため、高レベルパーティーのセージたちに近づく魔物はいないだろう。

「油断するな。神霊亀によって魔物の種類も変わってるかもしれんぞ」

気楽なミュリエルに対して、カイルがいつものように注意する。

そこにセージが入り込んだ。

「まぁまぁ、今から気を張っていても仕方ありませんし」

「ほら！　カイル、聞いてる？」

「でも、突然魔物が飛び出して不意を突かれることだってよくあります。油断は禁物ですね」

その言葉にミュリエルは呻《うめ》き、「セージってすぐカイルの味方するよねー」と拗《す》ねる。そんな和気藹々《きあいあい》とした空気も神霊亀に近づくにつれて薄れていき、緊張感が漂い始めた。

そして、目的地に辿《たど》り着《つ》く。

そこはウルル荒野と呼ばれる場所で、点々と岩が転がっている荒れた土地である。

森と比べると障害物が少なく大地もしっかりしているため戦いやすい。

ここで待ち構えるために夜明けから歩き出していたのだ。

「とうとう神霊亀が見えましたね。いやぁちょうどいい時間に着きました」

「あれが、神霊亀……」

まだ全体像は見えず、亀の甲羅の上部分しか見えていない。しかし、そこだけでもわかる巨大さに、セージ以外、皆じっと見つめる。

ギルは苦々しげな表情だった。

かつて戦い、そして惨敗した相手だからだ。

「さて、休憩しますか。神霊亀も見えたことですし」

セージは拾っておいた薪《まき》を魔法で乾燥させ火を点《つ》けて、持ってきていた鍋を出して水を入れる。

生活魔法にお湯を出す呪文はない。

お湯が必要な場合は水を沸かす必要があるのだ。

「お茶を用意しますので保存食でも軽く食べましょう。まだ顔も見えてないんですから大丈夫ですよ」

神霊亀を前にしても変わらないセージを見て、詰まっていた息が吐き出された。

ルシールがセージの隣にあった石に腰をおろす。

「セージはいつも変わらないな」

「そうですか？　これでもわくわくしてる時も不安になる時もありますよ」

「ほう。今の状況でも不安がなさそうだが、例えばどんな時不安になる？」

「うーん、そうですね。ルシィさんが勇者になれるまでは不安でしたよ？　確信はありましたけど、実際になれるかどうかはやってみないとわかりませんし」

そのセージの言葉で周りの空気が変わった。セージはともかく、ルシールが上級職になっていることに驚いたのである。

「おい、そんなにあっさり言っていいのか？　一応勇者になったことは隠していたんだが」

「えっ？　そうだったんですか？　ルシィさん直属の部下って聞いてたんで、てっきり話しているものかと」

「私はそんなに口は軽くないぞ。それに、勇者になった、なんて気軽に言えるわけないだろ」

「あー、僕が精霊士ってことも言っちゃいましたけど。まぁいいか。騎士の皆さんは内密にお願いしますね」

人差し指を口に当てて、しーっとする。騎士たちは戸惑いながらも頷いた。

「おい、セージ。そんなに簡単なことでいいのか？　重要な秘密じゃねぇのか？」

ギルの疑問は当たり前のことだ。

当然、騎士たちも頷いてはいるが同じようなことを思っていた。

勇者を目指した騎士たちはごまんといる。ギルでさえ試行錯誤したことがあるくらいだ。

それでもこの国では初代勇者以外なれた者はいないのである。その情報の価値は計り知れない。

「ややこしいので秘密にしていましたが、お世話になった人には言ってもいいかと思いまして。ギルさんに教えてもいいですよ。勇者のなり方」

「なっ！　本当かっ！」

「ええ。助けてもらいましたから」

「……助けた？」

「キングリザードマン戦ですよ。二人で戦ったじゃないですか。あれは僕一人では勝てませんでしたね」

ギルは特に助けたというつもりはなかった。あれはギル自身のミスで、むしろ助けられたと思っている。

しかし、勇者になる方法を知れると聞いて心が躍ってしまい、否定することもできない。

「その後のマーフル洞窟でも助けてもらいましたし。ルシィさんにはスライムからも助けてもらいましたね。カイルさんたちにはワイルドベア戦、他にもキラーパンサーとエルダートレント戦もありました。どれも僕一人では死ぬところでしたよ。それのお礼ってことです」

セージは氷魔法でセン茶の温度調節をしたり粉末を加えたりしながら続ける。

「命を助けてもらってますから。あっ、勇者じゃなく他の上級職がいいなら言ってくださいね」

「勇者のなり方を教えてくれ」

即答するギルにセージが笑顔で言う。

「わかりました。神霊亀を撃退したら勇者を目指しましょう。さて、お茶を飲みましょうか。一服したら戦闘準備をしてくださいね」

各自が差し出してくるコップに疲労回復効果を持つセン茶をベースにブレンドした特製茶を注いでいく。

これはラングドン領都からの移動の中で何度もあった光景だ。

騎士たちは最初、セージが用意するものに驚いていたが、だんだん慣れてきていた。

しばらくすると神霊亀の姿は全体像が見えるほどに近づいてくる。

その姿をじっと見るセージは真剣な表情だ。

(何か小さくないか？　シリーズ最小が九メートルだったよな。それよりも一回り小さい感じがするぞ。リアルで見てるからかな？)

「大丈夫か、セージ」

いつになく難しい表情をするセージを見て、ルシールが問いかける。

「大丈夫ですけど、なんだか思ったより小さいんです」

ルシールは神霊亀を見て、再びセージを見る。

「小さい？　あれが？」

「ええ。僕が知っている大きさではないですね。行動パターンが一緒だといいんですけど。ありがたいことにＨＰが想定より低いかもしれませんね」

ルシールにはわからない領域であり、理解するのを諦めて「そうか」と答える。

「皆さん、撤退の合図は覚えていますね？　光玉もしくはインフェルノが発動したら最優先で逃げてください」

声だと聞こえない場合があるため、光玉という強力に発光する玉を合図に使うことが多い。

ただ、不発になる可能性も考えて魔法など他の方法での合図も決めておくのが一般的だ。

「では神霊亀の攻撃と共に突撃します。しっかりついてきてください」

そう言ってセージは一番前に立ち盾を構える。

神霊亀の長距離魔法『エクストリームレイ』、通称『亀光線《かめこうせん》』を受けるためだ。

光線なので、発動したとわかった瞬間には当たっているという回避不可能の技だ。

ただし、光線を発射するタイミングには法則性がある。

三連続で発射した後、次の発射まで十秒ほど間隔が空く。

また、甲羅には三百六十度十六方向に亀光線の発射場所となるクリスタルが付いているのだが、一方向に一つしかついていない。そして、狙われるのはその方向にいる一番前の者だ。

作戦としては、神霊亀が三回光線を放った後十秒間まっすぐに走る、を繰り返すというシンプルな方法である。

どこから攻撃範囲に入るかわからないため、セージは盾に隠れるようにして構えてじっと待つ。

そして、神霊亀の歩みが止まった。

「来ます！」

そう言った瞬間、光線がセージを呑《の》み込《こ》み、強烈な衝撃が襲う。

「っ……！」

(想像より重い！　光のくせに！)

ダメージは『スケープゴート』を使ったカイルの方にいっているが、衝撃までなくなるわけではない。

ガッと足を踏みしめて耐える。わずか一秒間だが、終わった瞬間にふらつくほどであった。

そして、一秒後には二撃目が来る。

(くそっ、受けるしかないか！)

二撃目は一撃目にいた場所、三撃目は二撃目にいた場所を狙う。それがわかっているため、二撃目と三撃目は避《よ》けるつもりでいたが、実際にはそう上手《うま》くはいかない。

何とか体勢を整えて構え、二撃目も盾で受け止めた。

強烈な衝撃も来ることがわかっていれば、何とか体勢を崩さずに耐えることができる。

ＨＰも全く問題なかった。『スケープゴート』は一撃しか守ってくれないが、カイルは『スケープゴート』を再び唱えている。

そして、ヤナ、ジェイク、マルコム、ミュリエル全員が回復魔法を準備しており、カイルがダメージを受けた瞬間に回復していた。

（よし、これなら！）

攻撃が終わるタイミングを見計らって、思い切り横に飛んだ。

ギリギリで攻撃範囲から外れ、セージの足元を掠《かす》めるようにして亀光線が通り過ぎる。

「進みます！」

セージは一回転して起き上がり、神霊亀に向けて走り出した。

＊　＊　＊　＊　＊

～Ｓｉｄｅ　クリフ～

騎士団の一人、クリフは神霊亀の甲羅を見て、ここに来るまでに起こった様々なことを思い出す。

約五日前、神霊亀が領都に向かってくるという情報が届いて、騎士団は大忙しになった。

通常訓練は全て中止。訓練場の倉庫に眠っている大型兵器を出して、全ての点検・整備を命じられた。

大型兵器とは弩弓と投石器だ。構造はそこまで複雑なものではない。

しかし、まだ試作段階で大型兵器を使った訓練は全くと言っていいほどしていなかった。兵器を触ったこともない者もいるくらいだ。

点検と言っても何をしていいかわからない。

ラングドン家御用達《ごようたし》の大工を呼びつけて、整備の仕方や使い方を学ぶところから始まった。

そして、矢や石を装塡《そうてん》し目標に当てる訓練が始まる。

クリフたち若い世代はなぜ剣で戦わないのかと思いながらも、領主や上官の命令があるため装塡方法や狙いの付け方を学んだ。

避難者の波が収まれば、大型兵器を領都の外に運び、最終訓練をして本番になる。

装塡速度と命中率を上げたいのだが、時間がないためなかなか難しいところであった。

そんな中、急に領主ノーマン・ラングドンから呼ばれ、ルシール直属の部下になった。

神霊亀討伐に参加し、危機があればルシールを連れて帰るよう使命を与えられたのだ。

断れるはずもなく了承すると、ルシールからセージやカイルたちを紹介され、そのままケルテットの町に向かって出発した。

クリフの他に騎士団で選ばれたのは、キース、ニック、アンナ、メリッサの五人で全員が第二騎士団の仲間だ。

ルシールは、名目上は第二騎士団の所属である。訓練の時は一緒に行動しているため第二騎士団から選ばれた。

ちなみに女性騎士のアンナとメリッサは、ルシールが第二騎士団に配属される前に入隊している。

女性騎士の入隊は第二騎士団に激震が走ったと言っても過言ではない出来事だったが、直後にルシールが入ったことで納得した。

ルシールのために入れたのかと皆思ったのだ。

ただ、二人は新人とは思えないほど練度が高かった。

小隊長と同等の戦いを繰り広げて、新人にしては破格の待遇、分隊長からのスタートである。

これに対して負けてられるかと奮起した者も多く、結果として第二騎士団全体に良い影響を与えていた。

クリフ、キース、ニックの三人は、実力があり、未婚だということで選ばれている。

それに、ルシールの賭博に付き合っていたことがノーマンにバレていたということもあった。

ルシールからの提案なのでお咎《とが》めなしであったが、それがこのようなことに繋《つな》がるとは思ってもみなかったことだ。

クリフはケルテットの町に進みながら、皆の会話を聞き、愕然《がくぜん》としていた。

(ルシール様のことをルシィって呼ぶなんて。セージさんは研究所長だから良い、のか？　他はただの冒険者だよな？　もしかして貴族、には見えないけど。俺もルシィ様って呼んだ方がいいのか？)

様々なことが一気に起こりすぎて何がなんだかわからないまま飛ぶように時間が過ぎ、決戦前夜になっても混乱は増していくばかりだ。

(何でセージさんが作戦を決めてるんだ？　騎士団の訓練に混ざってるのは見たことあるけど子供

にしてはすごいってくらいだったはずだろ。というか、セージさんが神霊亀の魔法を防御して、魔法で撃退するってそんな作戦で良いのか？　無茶《むちゃ》だ。そもそもこの中でギルさんしか神霊亀と戦ったことないじゃないか。ギルさんもみんなも何で納得できるんだ？　今は逃げるわけにはいかないが、大丈夫なのか？）

クリフは全てのことに疑問が出ると言っても過言ではないほどであった。

就寝の時は孤児院だったため、騎士団にも部屋があてがわれる。

翌日は早いため少しの時間しか取れないが、一つの部屋に五人で集まった。その時も今回の作戦の話ばかりだった。

「この作戦って大丈夫なの？　ノーマン総長からルシール様を守れって言われてんのに」

ノーマンのことをラングドン男爵ではなくノーマン総長と呼ぶのは、ラングドン騎士団の中では騎士団の位で呼ぶのが伝統であるからだ。

ルシールの場合は、立場としては団長に近いのだが、戦いには出ないため団長は別にいる。騎士団所属なのでラングドン男爵令嬢ではなくルシールになるのだが、ルシールと呼ぶわけにはいかないためルシール様で通っていた。

「俺たちが作戦に口を出せるわけないだろ。ギルさんまで納得してるんだからな」

アンナに答えたのはキース。ガタイが良くて顔も厳《いか》ついが、この中で一番真面目である。

「それはそうだけど」

「今のうちにルシール様を攫《さら》って逃げたら良いんじゃない？」

そんな無責任なことを言うのはニックだ。生活態度も訓練も真面目なのに、口を開くと不真面目になるので、変わり者と言われている。

（もしかしたらそれが正解なのかもしれないな）

普段は「そんなことするわけないだろ」と一笑に付されるところだが、今回は皆一瞬それもありかと思ってしまった。

「今そこまではできないが、いざとなったらルシール様を担いで逃げよう。逃げる合図でも決めとくか？」

「それいいね。メリッサはどう思う？」

クリフの提案にアンナが乗り、メリッサに問いかける。

メリッサは巨人族のクォーターで、訓練の挨拶などは人一倍大きな声を出すが、もともと無口なタイプであまりしゃべらない。

メリッサは頷いて「それが良い」と答える。

「撤退って叫べばわかりやすいんじゃないか？」

「ルシール様に聞こえたら警戒されるだろ。不意をついて無理矢理《むりやり》にでも連れていかないと。絶対最後まで逃げないしな」

真面目なキースにクリフが答える。ルシールは騎士道精神が強いことで有名だ。

自分を後回しにして人を守るために戦うことを信念としていた。

それは美徳ではあるのだが、だからこそノーマンはルシールを戦場に連れていかないのである。

「じゃあ手で合図しようよ。こんな感じでどう？」

ニックが親指を立てて後ろに振る。

「いいんじゃないか？」

「それでいこうよ」

その後、細かい取り決めをしながら就寝。次の日に出陣して、神霊亀の甲羅を見たのだった。


「とうとう神霊亀が見えましたね。いやぁちょうどいい時間に着きました」

「あれが、神霊亀……」

（これは……無理だ）

まだ全体像は見えず、亀の甲羅の上部分しか見えていない。

しかし、そこだけでもわかる巨大さに、クリフはじっと見つめる。

「さて、休憩しますか。神霊亀も見えたことですし」

クリフはセージを見て思った。

（こいつ、ちゃんと見えてないのか？　あんな巨大な化け物の攻撃の盾になる？　ちゃんとわかってるのか？）

しかし、ルシールがセージの隣にあった石に腰をおろして普通に話し始めたので、口をつぐむ。

（ルシール様もどうして……）

話の中に出てきた『勇者』の一言に、クリフは固まった。

（ルシール様が勇者？　まさか、そんな……）

「あー、僕が精霊士ってことも言っちゃいましたけど。まぁいいか。騎士の皆さんは内密にお願いしますね」

セージが人差し指を口に当てて、しーっとする。

クリフは精霊士が上級職であることを知らなかったが、話の流れで薄々わかり始めていたのだ。

クリフは戸惑いながら頷く。

「おい、セージ。そんなに簡単なことでいいのか？　重要な秘密じゃねぇのか？」

ギルの言葉にクリフも心の中で同意する。

（そうだ、そんな軽く言われても……って、ギルさんも勇者に？　もしかして、この戦いで結果を出せば俺も……いや、ルシール様を助けるのが、でもルシール様は勇者だよな。この戦いでも大丈夫なのか？）

ギルが勇者のなり方を教えてもらえるとわかって、クリフの心は揺れ動く。

「わかりました。神霊亀を撃退したら勇者を目指しましょう。さて、お茶を飲みましょうか。一服したら戦闘準備をしてくださいね」

各自が差し出すコップにセージが特製茶を注いでいく。

クリフもこれはありがたかった。

（これはすごいよな。地味ではあるが、さすが研究所長だ）

しばらくすると神霊亀の姿は全体像が見えるほどに近づいていた。

その姿をじっと見るセージは真剣な表情だ。

（やっとこの大きさに気づいたか。これでも戦うつもりか？）

クリフはそう思っていたが、セージの言葉は全く異なる。

「大丈夫ですけど、なんだか思ったより小さいんです」

クリフは神霊亀を見て、再びセージを見る。

（小さい？　あれが？）

「小さい？　あれが？」

クリフの心の声とルシールの声がシンクロする。

「僕が知っている大きさではないですね。行動パターンが一緒だといいんですけど。ありがたいことにＨＰが想定より低いかもしれませんね」

「そうか」

（えっ？　そうか、って納得した？　なぜ？）

「皆さん、撤退の合図は覚えていますね？　光玉もしくはインフェルノが発動したら最優先で逃げてください」

クリフたち騎士団の面々は別の合図も考えているため頷き合う。

「では神霊亀の攻撃と共に突撃します。しっかりついてきてください」

そう言ってセージは一番前に立ち、盾を構える。

クリフたちはセージから少し離れたところに集まっている。

近くや真後ろだと神霊亀の攻撃に巻き込まれ、離れすぎると別のところから攻撃を受けるため立ち位置には注意していた。

「来ます！」

セージがそう言った瞬間のことだ。

音もなく放たれた光線は一瞬でセージを掻《か》き消《け》した。

クリフは直感的に、死んだ、と思った。

想像を絶する一撃に退避の合図を出すことも忘れる。

この時、この瞬間に、上官が言っていたことが理解できた。

ラングドン騎士団の若手が納得しないまま大型兵器を準備していた時の言葉である。

『神霊亀はまともに戦う相手じゃねぇ。もし、これを使って倒せない時は、領民を連れて逃げろ』

それを聞いた時はラングドン騎士団の者が何を言っているんだと思った。クリフ以外の若手もそう思っただろう。

しかし、それは違った。

たった一撃。

それだけで神霊亀との力の差を思い知った。

これを見て、逃げることなく立ち向かえた上官に尊敬の念さえ抱く。

(上官の言う通りだ。こんなのは戦う相手じゃない)

光の奔流は一秒で消《き》え失《う》せた。射線上に転がっていた岩が消し飛び、地面がバチバチと爆《は》ぜる音がする。

そして、セージが立っていた。

わずかにふらついたのを見て、クリフは思わず一歩踏み出した。

それを摑《つか》んで止めたのは、ルシールだ。

「スケープゴート」

カイルのその一言と共に再びセージは光に呑まれた。『スケープゴート』は一撃しか身代わりできないので、すぐにかけ直したのである。

（スケープゴートを使っているからといって耐えられるのか？）

『スケープゴート』によってセージのHPは減らない。だからといって無敵になるわけではないのだ。

ダメージ相応の衝撃は受ける。

そして、HPを大きく超えるようなダメージを受けて昏倒《こんとう》することは、騎士をしていれば一度は経験することだ。

今回、HPの低いセージが盾役になっているのは、セージの魔法防御力でしか耐えられないからである。

ヤナであればまだしも、クリフが代わりに盾役をやろうとしても無理だろう。

一撃で昏倒し、『スケープゴート』を使った者もHP0になり、終わりである。

クリフは本当に大丈夫なのかとルシールを振り返り、その一切の迷いがない強い眼差《まなざ》しに息を呑む。

ルシールはセージを信じていた。

次にセージが見えた瞬間、セージは思い切り横に飛ぶ。

ギリギリで攻撃範囲から外れ、セージの足元を掠めるように亀光線が通り過ぎた。

「進みます！」

言うが早いかセージは神霊亀に向けて走り出している。

皆それに続き、クリフは慌ててついていった。

そして、十秒走ると立ち止まり盾を構える。クリフたちは少し離れて待機。神霊亀の攻撃が済むと再び走り出す。

これを繰り返した。

セージは繰り返す度に進化していく。

三回目には二撃目。五回目には一撃目すら避けられるようになっていた。

一人先を行き一切怯《ひる》むことなく神霊亀に突き進むセージ。

ただただ自分の故郷を守るために立ち向かう後ろ姿を見続ける。

クリフはこれが英雄かと思った。

そして、クリフは自分のことを恥じた。

自分はここに来るまで何を考えていたか。

神霊亀を見てからは、どうやって逃げよう、ということばかり考えていたのではないか。

（これじゃあ、どちらが騎士なのかわからないな）

クリフは気合いを入れ直し、迷いを捨てた。

少しずつだが確実に神霊亀に近づいていく。それに従って神霊亀の大きさが明確に感じられるようになり、その存在感だけでクリフを圧倒していた。

しかし、クリフは足を止めない。

まるで、セージに導かれるように進んでいく。

そして、とうとう目前。

あと一度の光線を避ければ剣が届く、というところまで来た。

その時、大地が唸《うな》るかのような咆哮《ほうこう》が轟《とどろ》く。

「グラァアアアァァ!!」

体を揺さぶる咆哮。

根源に響く威圧はセージたち全員の動きを止める。

そして、咆哮を終えた神霊亀がセージたちを睨《にら》み付《つ》けた。

巌《いわお》のような甲羅から伸びる足が皆を踏み潰す。そんな想像がクリフの頭に浮かんだが動けなかった。

真っ先に動き出したのはセージだ。

「ルサルカ、サモン！」

氷の精霊ルサルカの召喚。

銀の長い髪を靡《なび》かせ、鋭い目を持つ女性の姿をした精霊ルサルカが、ダイヤモンドダストを纏《まと》い現れる。

「マウント！」

セージはあえて大声で特技を叫んだ。

精霊ルサルカがセージに憑依《ひょうい》する。

すると、セージの髪が銀に変化し、周りに氷の結晶が漂う。

それと同時に、カイルとギルが動き出した。

「ルシィ、セージの前へ！　ヤナ、ジェイク、支援！」

「お前ら！　行くぞ！」

号令と共に全員が動き出す。

ルシィ、セージ、ヤナ、ジェイク、カイルが後衛。

ギル、ミュリエル、マルコムが第一前衛、騎士団五人が第二前衛である。

クリフがセージを追い抜いた時、声が響いた。

「ヘイルブリザード」

氷の特級魔法が発動する。虚空に無数の氷の礫《つぶて》が現れ、猛烈な吹雪《ふぶき》となり神霊亀に襲いかかった。

クリフたちは荒れ狂う氷のそばを駆け抜ける。

(これが氷系特級魔法……凄《すさ》まじい威力だ)

クリフは火系特級魔法『インフェルノ』しか見たことがなかったため、氷系は初めて見た。

当主が代わり、魔法に力を入れ始めた時、不満を漏らす者もいたが、クリフは特級魔法を見て仕方ないと感じていたことを思い出す。

神霊亀の近くまで来ても魔法は途切れることがなく、神霊亀の半身は氷の嵐に晒《さら》され続けている。

「まずは俺たちが行く！　お前らはここで待機だ！」

ギルは騎士団に指示を出し、ミュリエル、マルコムと共に突撃。

三人はAGI上昇のマルコムのバフにセージのアイテム疾風薬、さらに速度上昇の腕輪を装備しているため動きが全く異なっていた。

今回は全員固定剣テンを装備しているため、攻撃力ではなく速さが重要なのだ。

騎士団の五人はバフがかかっていることは知っているが、アイテムの効果の大きさをわかっていないため驚愕《きょうがく》する。

マルコムにいたってはそれに加えて、小人族由来の速さ、さらにAGIが上がる暗殺者の職業補正が加わっているため、三人の中でも飛び抜けた速さだった。

(これが一級冒険者の力か)

冒険者は騎士になれなかった者や荒くれ者がなる、という印象があり、騎士団の中では冒険者を下に見るような空気がある。

それは、あながち間違いではない。冒険者の中には、そういう者も一定数いる。

実力がなくとも冒険者になるのに制限はないからだ。

だからといって、全ての冒険者が騎士に劣るとは言えない。

カイルたちは並みの騎士では太刀打《たちう》ちできないほどの実力を持っている。

クリフはどんどん自分の中の常識が壊れ、変化していくのを感じていた。

(俺がこの戦いの中に入るのか)

全てが常識外れの戦いで、自分が取り残されたような気持ちになる。

「それで、いつになったら逃げるんだ？　俺はいつでも逃げられるけど」

急にニックが軽く言った。あえていつも通り、少しからかうような口調で。

騎士団の中で高まっていた緊張感が少し緩まる。

「様子見だよ様子見。私たちが逃げた後で神霊亀が撃退されたりしたらどうする。逃げ損だぞ」

アンナが言い返すが、キースが「俺は！」と声を上げる。

「俺は、騎士でありたい」

そう一言零《こぼ》しつつ、神霊亀と戦う者たちに目を向けていた。

この世界で騎士とは、ただ単に馬に騎乗して戦う者ではない。

誇り高き精神を持ち、民を守るために戦う者のことだ。

これは理想論であり、実際は貴族に認められた兵士を騎士と呼んでいる。

ただ、この時キースが言ったのは理想としての騎士。

その気持ちはクリフたちにも宿っていた。

それは、全員が戦いを食い入るように見ていることからもわかることだ。

軽口を言ったニックでさえ戦いから一度も目を離していない。

キースのまっすぐな意見にアンナが慌てて言う。

「私だってそう思ってるさ！」

ニックも両肩を上げておどけたように言う。

「皆が怖がってるように見えたから言っただけさ」

その時、神霊亀の動きに変化が見えた。

「結局のところ俺たちは騎士だってことだろ。守るために戦おうぜ」

騎士団の五人はギルの合図と共に走り出した。

＊　＊　＊　＊

～Ｓｉｄｅ　マルコム～

マルコムはセージの姿を見て、驚いたような、当然だと思うような不思議な感覚を持った。

神霊亀の光線を一手に引き受け、後半からは完全に見切っていた。

さらに、神霊亀の咆哮から誰よりも早く立ち直り、攻撃を開始することで全員を復帰させる。

驚愕する出来事だがセージなら当たり前かという気分だった。

（だからこそ、ついていこうって気になるんだけど）

マルコムはギルとミュリエル、騎士団と共に神霊亀に向けて走り出しながら思う。

そして、ちらりと後ろからついてくる騎士団の面々を確認した。その顔つきは出会った頃とは全く異なっている。

(戦う気になっているようでよかった。急に逃げたりするんじゃないかとヒヤヒヤしたよ。まっ、セージの姿を見ると気合い入るよね。俺たちもだけどさ)

マルコムはミュリエルとギルも雰囲気が変わっていることを感じていた。

そして、それはマルコム自身も、である。

奮い立つ心にあるのは少しの悔しさ。

セージが盾となり剣となって神霊亀に立ち向かい、それに他の者は追随していく。

セージは作戦会議で適材適所という表現をした。実際、今のセージ一人で神霊亀と戦うのは厳しい。

しかし、セージ以外の誰かが一名欠けても特に問題はないだろう。

そして、セージがいなければどうすることもできず、神霊亀に敗北するのは目に見えている。

セージと肩を並べられる実力に達していないと感じて悔しかった。

(今は自分の役目を果たすことに集中!)

マルコムたちのそばを無数の氷の礫が豪雨のように飛んでいく。

神霊亀の前方はセージの魔法があるので、後方に回り込んで後ろ脚を攻撃する計画だった。

「まずは俺たちが行く！　お前らはここで待機だ！」

ギルが騎士団に言い、ミュリエルとマルコムと共に突撃する。

三人の中で動きが最も速く、動きに慣れているマルコムが先行し、神霊亀に一撃を入れた。

微《かす》かにダメージが入った感触があった。

（よし！　いける！）

普通の戦いであれば剣撃は会心を狙うものだが、今回はどれだけ力強く攻撃しても10ダメージにしかならない。

だからといって軽く当てるだけだと攻撃判定されないためダメージは0になる。

攻撃として判定される程度の力でなるべく多く攻撃回数を稼ぐことが、この戦いで求められることだった。

ミュリエルとギルはパワータイプ、特にギルは力を重視している。

それに、騎士団で培った剣技が染み付いており、曲芸じみた動きやわざと手を抜いた攻撃などは難しい。

今回はギルが指示、マルコムがメイン、ミュリエルがサブになっていた。

（一撃一撃が小さすぎて無視されてるから滅多《めった》切りにできるけど、なんか複雑な心境）

神霊亀はまだ近距離攻撃をしていないので攻撃の機会は多い。

ただし、神霊亀が歩くと地響きが起こり風圧を受ける。

バランスを崩したりすると危険だ。マルコムの防御力では歩いているところに当たるだけで大ダメージになる。

マルコムたちは攻撃を続けていたが、神霊亀は火炎を吐き、岩を飛ばしセージに向かって攻撃しながら歩いていく。

(役に立ってるのかな？　まだ攻撃が足りない？　ちょっとくらい歩みを止めて！)

近距離攻撃をするのは神霊亀の注意を引き、隙を作るためだ。これで無視され続けたら、意味がなくなってしまう。

マルコムは縦横無尽に斬りかかり、ダメージを稼いでいく。

(たかが10だけどもう百回以上は斬ったよね!?　まだ足りない!?)

心の内で文句を言いながらも動きは冷静だ。神霊亀の後ろ脚を斬りつけ続ける。

「下がれ！」

ギルの鋭い声に反応して全力で逃げる。これを言われる時は、神霊亀が近接攻撃の起点となる動きをした時だ。

戦いの前にセージから、神霊亀の動きの解説をされていた。

こんな動きをしたらこうなるから逃げろ、この動きの後はチャンスだ、などを全て覚えている。

(やっときた！　えっ!?　やばっ！)

神霊亀は完全にマルコムたちを見ており、尻尾の攻撃が勢いよく迫り来る。

ミュリエルとギルの位置は逃げやすい右脚の外側だが、マルコムは右脚の後ろや内側から攻撃を仕掛けていた。

近接攻撃を誘うために、あえて危険な場所を選んでいる。

(意外と速いな！)

遠くから見ると鈍重に感じるが、間近で見るとかなり速い。

ただ、マルコムはその速度を超える。マルコムがいた場所にワンテンポ遅れて尻尾が通り過ぎた。

周りから見るとギリギリに見えたがマルコムの中では違う。

(威圧感がすごくて逃げたけど、あと一撃加えても間に合ったかも)

「すまない。指示が遅れた」

ギルがそう声をかけた。

ギルは戦いながら神霊亀の動きを観察している。

そういう役割になったからというのもあるが、体に染み付いた動き、剣の型があるため、他のことに注意を向けやすいのだ。

それに、元騎士団長としての経験もある。

ただ、事前に説明をされているとはいえ、実際に動きを見たわけではない。

初見で歩く動きと攻撃の動きを見極めるのは容易なことではなかった。

「あれくらいで十分さ」

事も無げに言うマルコムにギルはニヤリと笑う。

「頼もしいな。余裕があるなら、さらに遅れても大丈夫そうだ」

「いや、全っ然余裕ではないから！」

「それなら俺も攻撃に集中できるぜ」

「ギルは神霊亀の動きに集中して！　というかむしろ攻撃しなくていいよ！」

そんな軽口を掛け合ってマルコムは神霊亀に向かっていく。ギルとミュリエルも後に続いた。

次に変化が起きたのは、それからほどなくしてのことだ。

「煙だ！」

ギルが騎士団に合図を送ると走ってくる。

その間に甲羅の隙間からスモークのように煙が噴出し始めた。

亀系の魔物はそれぞれ状態異常を起こす煙の特技を持っている。

ビッグタートルは睡眠、リーフタートルは毒などと決まっているが、神霊亀は亀系の煙全てが混ざっており、毒、睡眠、麻痺《まひ》、混乱、鈍重の五つの状態異常になる。

しかし、状態異常無効の腕輪を装備しているマルコムたちにとっては隙でしかない。

マルコムたちは右腕に速度上昇の腕輪をつけており、左腕に状態異常無効の腕輪をつけている。

複数つけても最後につけた腕輪の効果になるため、一度腕輪を外してつけ直すことで効果を切り替えていた。

騎士団も含めて八人全員で総攻撃を加える。

煙の噴出が終わっても、漂う煙でまだ視界が悪い中、ギルの声が響く。

「跳べ！」

その声に反応できたのは五人。

次の瞬間には地面の激震と共に地を這《は》うような烈風が襲う。

騎士団のアンナ、キース、クリフは震動で体勢を崩され風に吹き飛ばされた。

神霊亀がのしかかる攻撃を行ったのだ。

煙を噴出している隙にマルコムが神霊亀の下に少し入り込んで攻撃をしていたからだ。

神霊亀が押し潰そうとしたのだが、マルコムはしっかりと逃げている。

跳んで逃れた者も風の影響はあるが吹き飛ばされるほどではなかった。

着地した後、再び攻撃を開始する。吹き飛ばされた者も戻ってくるが、神霊亀が起き上がると騎士団の面々全員が待機になる手筈《てはず》だ。

すぐに下がらなければならないが、騎士団の五人は攻撃を続けた。

「早く下がれ！」

ギルに怒鳴られて騎士団は後退を開始するが遅い。

吹き飛ばされたミスを取り返すべく、何とかダメージを与えたいと思ったキースは攻撃していた位置も悪かった。

神霊亀の尻尾が迫り逃げ切れない。

(間に合うか！)

その姿を見ていたマルコムは全力で後ろからキースに体当たりする。

(重っ！)

マルコムの計算では二人とも尻尾の攻撃範囲から外れるはずだったが、体格差もあり、思ったより飛ばない。

(やばいっ！)

何とかキースを攻撃範囲から押し出したもののマルコムの腕に尻尾の先がわずかに当たる。

「ぐっ……！」

マルコムが弾《はじ》き飛《と》ばされるが、空中で体勢を整えて着地する。

そして、ＨＰを確認すると八割ほど減少していた。

（きっついな！　掠っただけなのに）

マルコムは回復呪文を唱えながら安全圏に移動する。

ただ、すぐにミュリエルが回復してくれたため、自分の回復魔法は温存した。

しかし、そうするとしゃべることができない。

（まったく、騎士団の……男め！　終わったら嫌みを言ってやる！）

マルコムは名前を覚えていない騎士団の男、キースに対して内心で悪態をつきながら戦線復帰。

そこからは、無理をする者はいなかった。

危険なのは近接攻撃を誘うマルコムのみで、マルコムの速さであればそうそう当たらない。

ギルとミュリエルは逃げやすい位置からの攻撃、騎士団は隙ができる時のみ攻撃である。

順調に攻撃を重ねて近接攻撃を誘っていた。

（まだ終わらないの？　さすがに精神的に疲れてきたよ）

一時間近く戦いを続けているにもかかわらず、神霊亀は変わらず進み続けている。

前脚は魔法によってダメージがある様子で、たまに怯んで動きが止まったり、ガクッと足の力がなくなるような形でダウンしていた。

しかし、右後ろ脚を斬り続けていても、そんな様子は見られない。

何をやっても無意味に思えてくる上に、マルコムは一撃当たれば終わりの相手に至近距離で戦っている。

セージ特製茶のお陰で肉体的な疲労感は少ないが、精神的な疲労が大きかった。

「下がれ！」

突如としてギルの声が響き、マルコムはそれに従う。

しかし、神霊亀は何も攻撃行動はしていない様子で不思議に思った。

「どうしたの!?」

「いや、違和感のある動きが……」

その時、天を揺るがすような咆哮が上がる。

「グラァァアアアァァァ!!」

全員が間近で咆哮を浴びて動きが止まった。

(何が起こってるの!?　二回目の咆哮とか聞いてないよ!?)

幸いマルコムたちの方に攻撃されることはなく、神霊亀は前に一歩踏み出す。

その時、カッと光玉が発した閃光《せんこう》が見えた。

「撤退するぞ！　まずはセージに合流する！」

(撤退!?　まさか！)

そのギルの声と共にマルコムとミュリエルが先に走り出す。その次に騎士団、ギルは最後だ。

（何があった？　セージたちは大丈夫なのか？）

マルコムは全員を置いて、全力でセージたちのところに走るのであった。

＊　＊　＊　＊　＊

～Side　ルシール・ラングドン～

（私がこんな魔物と戦うとはな）

ルシールは飛来する石、岩とも言えるようなそれを弾きながら思う。

戦いは信じられないくらい順調であった。

ルシールたちのパーティーは、神霊亀の近接攻撃が届かずセージの魔法が届く距離を保ちながら後退していく。

「algeo congelatio saevio tempestas radir ante hostium、ヘイルブリザード」

セージは止まることなく呪文を唱え続けていた。

氷の精霊ルサルカを『マウント』したセージは、氷の特級魔法を省略して唱えることができる。

そのため、途切れることのない氷の嵐が神霊亀を襲っていた。

そして、その激しさは神霊亀に対してでも通じる威力を持っている。

稀《まれ》に神霊亀が怯んで動きを止めるほどであった。

これは、システム的にはダメージの蓄積が一定以上になれば発生する怯みである。

セージからするとただのダメージ計算の指標だ。

しかし、他のメンバーにしてみると魔法が効いているとわかるため、希望が湧く反応であった。

神霊亀は近接攻撃が届かないため、火炎を吐き、岩を飛ばすことで攻撃している。

セージに向かって歩きながらの攻撃なので頻度はそれほど多くないが、一撃一撃が強力だ。

ルシールはパーティーの最前線でその攻撃の全てを正面から受け止めていた。

ルシールが学んできた騎士の動きは守りが重視されている。

攻撃を弾く動き、後ろを守る体勢は鍛えられていた。

それに、火炎の攻撃は物理と魔法の両方の特性を持っているため、今のルシールは適任といえる。

マーフル洞窟での一件が魔法耐性を大きく上げたが、学園を卒業するために学んだことや母親に強制された魔法訓練も力になっていた。

それに、一度も騎士として出陣することはなかったが、それでも第二騎士団での鍛錬を欠かしたことはない。

こんなことをしても無駄だという思いを何度も打ち消しながら取り組んできたことだ。

(今までのことが無駄ではなかったんだな)

神霊亀襲来という非常事態、命を懸けた戦いだったが、ルシールの心には高揚感と嬉しさがあった。

自分のやってきたことが認められた気がしたからだ。

神霊亀が少し顔を持ち上げる動作をする。

それを見て、ルシールはセージから預かった精霊の盾を構えた。

（火炎が来る。慣れてきたとは言っても受けたくはないものだな。しかし、今までのように見るだけでいるよりマシだ）

火炎は、正面で受け止めると２０００を易々《やすやす》と超えるダメージになる攻撃だ。通常そんな攻撃をする魔物と戦うなんてことはない。

ルシールはこれまでの戦いで感じたことのない衝撃を受ける。

それでも、見守ることしかできないよりはいいと思っていた。

神霊亀の遠距離攻撃は広範囲で避けることが困難だが、直接物理攻撃を受けるより威力は劣る。

ルシールやカイルならば耐えることが可能な攻撃であった。

ジェイクなら装備を整えればギリギリ耐えられるだろうが、セージとヤナには無理である。

そのため、常にルシールとカイルの後ろに隠れていた。

神霊亀から火炎が放射され、豪然たる炎がルシールたちを呑み込もうとする。

後ろにいるセージは何が来ようと無視して魔法攻撃を続けている。それは、必ず前衛が守ってくれるという信頼があるからだ。

（守り切る！）

ルシールはその信頼に応えるべく、正面から受け止めた。

五秒もの間吹き荒れる業火を耐え切り、神霊亀を見据える。

（まだまだいけるぞ！）

戦闘開始から一時間が経とうとしていたが、ルシールはまだ気力に満ちていた。

騎士として戦っているという事実がルシールの力になる。

「あっ……」

急に後ろから戦いの最中とは思えないような声が漏れた。

セージである。

そして、慌ててMP回復薬（満）というMPを最大まで回復する薬を飲み始めた。

この時、セージは神霊亀の少しの動きの違いで行動パターンが変わったことに気づいたのだ。

そして、その変化から、神霊亀のHPが想定より大幅に低く、ダメージを与えすぎていたことがわかった。

そんなことを知らないルシールは不思議に思う。

（セージが呪文の途中に声を出すなんて。それにまだMPはあるようだが）

セージは精霊士になることでMP999にしているのだが、精霊を『マウント』しながら特級魔法を使い続けているためガンガンMPを消費する。

何度も回復薬を飲んでいたが、それはMP1000を下回ってからだ。

今はまだ2000ほど残っているのに飲み始めている。

飲み切った後すぐに『マウント』を解除する特技『リリース』を発動した。

（何かあったのか？）

疑問に思った瞬間、天を揺るがすような咆哮が上がる。

「グラァァアアアァァァ!!」

正面で咆哮を浴びて全員の動きが止まった。

(どういうことだ!?)

ルシールは予想外のことに混乱する。周りにも動揺が広がっていた。

咆哮を終えた神霊亀がルシールたちの方を睨み付ける。

その時、後ろから光玉が投げられ、神霊亀の目の前でカッと閃光がほとばしった。

(撤退!?　順調に戦えていたのに!)

目の前でほとばしる光に神霊亀が怯む。

「サラマンダー、サモン」

ルシールの背後で冷静な声が響いた。

その言葉と共に現れたのは赤い髪に筋骨隆々の男の姿をした精霊サラマンダーだ。

「マウント」

セージの髪の色が赤く染まり、体の周りに陽炎《かげろう》ができる。

「ferum ignis selsus columna radir ante hostium、インフェルノ」

撤退の合図でもある特級火魔法『インフェルノ』を神霊亀の顔に当てる。

そして、セージは猛スピードで向かってくるマルコムに叫んだ。

「マルコムさん!　皆で向こうに逃げて!」

指す方向はセージたちと反対の方向。

「了解！」

撤退の時は合流する手筈だったのだが、マルコムは緊急事態を感じ取って、何も聞くことなく引き返した。

「僕らは全力で突進を避けます！」

「とっ、突進!?」

「後二分耐えたら終わりです！　バフは速度上昇！　アイテムも使って！　防御より回避！　次の魔法が発動したら右方向に全力疾走！」

質問しようとした時には、セージは呪文詠唱に入っている。

神霊亀との戦闘時間は一時間。

倒す場合は一時間以内に決着をつけなければならない。これが倒せないと言っていた理由の一つだ。

一時間を超えて一割以上ダメージを与えていれば撃退になる。

そして、一割を超えていなければ撃退失敗という設定だった。

セージはこの世界で撃退失敗になるとどうなるのかわからなかったが、一時間に一割ダメージを与えるため急いでいたのである。

しかし、実はすでに一割を超えて二割を削ってしまっていた。

二割を超えると行動パターンが変わり、凶暴になる。これが倒せないもう一つの理由だ。

セージはまさか二割を削れるほどＨＰが低いと思っておらず、撃退失敗の場合どうなるかという想定しかしていなかった。

しかし、ルシールはどうなっているのか状況がわからない。

(想定外のことが起こったのか？　突進ってあの巨体が？)

神霊亀は今までの鈍い動きが嘘《うそ》のように動き始めた。

「インフェルノ！」

業火が立ち上り神霊亀の顔に直撃する。

ルシールたちはそれを合図に走り出した。

神霊亀は目の前で立ち上る炎柱を食い破るように突き進んでくる。

そして、セージたちが別方向に逃げていることを確認すると方向をずらしてきた。

(これは逃げ切れるのか!?)

カイルはヤナ、ルシールはセージを引っ張りながら走る。

セージは呪文を唱えながら全力で走っていたが、パーティーの中で一番足が遅い。

先頭は一人で走るジェイク、一番遅れているのはルシールとセージだ。

(セージが回避と言ったんだ。私は全力を尽くすのみ)

神霊亀の突進にセージが巻き込まれそうになり、ルシールは思い切り手を引っ張った。

セージの足先が神霊亀の手に当たり、弾き飛ばされそうになったところをルシールが引き寄せる。

ルシールは受け止めたセージの体が想像以上に軽く小さく感じられ、大丈夫かと不安になった。

ただ、カイルの『スケープゴート』のおかげで、ＨＰも減っていない。

「よかっ――」

セージは振り払うように急いで離れて、ルシールの盾に手をつきながら唱える。

「ウィンドバースト」

暴風で相手を吹き飛ばす、上級風魔法『ウィンドバースト』が発動した。

ルシールは吹き飛ばされてから、いや、吹き飛ばされたからこそ気づく。

突進を避けられた神霊亀が方向転換をしようとしていることに。

神霊亀が旋回してセージに爪で攻撃しようとしたが届かない。

しかし、急旋回によってスリップし、神霊亀の体が回転する。

セージに神霊亀の尻尾が急速に迫っていた。

「セージ！」

一連の出来事は数秒間のこと。

その瞬く間に過ぎる全てが、スローモーションのように感じた。

ルシールの目にはセージの口元が回復呪文を唱えているとわかるほどくっきりと見える。

セージは尻尾が当たる寸前に盾を構えていた。

ルシールの頭に、防御より回避、という言葉がよぎる。

それは戦闘前にも言っていた。

たとえギルであっても神霊亀の近接攻撃を受けると耐えられない。

そのはずだった。
神霊亀の尻尾は、セージが構えた盾に直撃する。
「あ……！」
ルシールの言葉にならない声が口から零れた。
セージは蹴飛ばした小石のように飛んでいく。その体に力はない。
ＨＰを遥《はる》かに超えた攻撃は限界を超えた衝撃となる。
セージはその衝撃によって意識がなくなっていた。
回復呪文を発動するどころか、盾まで手放してしまっている。
ルシールはセージの魔法によって飛ばされながらも体をひねり、手を伸ばし叫んだ。
「スケープゴート！」
セージの手を離れた盾は気合いの盾。
ＨＰが１残っているセージに特技が発動する。
次の瞬間には地面に叩《たた》きつけられ、ルシールにダメージが入った。
『スケープゴート』が切れる。
「スケー……」
再び特技を発動しようとするが間に合わず、セージは岩に激突。
ＨＰ０の表示が目に入った。
ルシールは着地と共にセージに向かって走る。

唱え始めた呪文は復活の呪文『リバイブ』。

何百回と唱えた『リバイブ』はランク上げのためではなく、今この時使うために唱えてきたのだと思った。

走ろうと、焦ろうと、呪文は冷静に。

セージの言葉通りに使い続けた呪文は、はっきりとした発音で紡がれる。

そして、世界最速の『リバイブ』が発動した。

ＨＰ1。

その表示はセージが生きていることを意味している。

その直後、ヤナとカイルが「フルヒール！」「スケープゴート！」と声を上げた。

神霊亀は一回転した後、セージの方向に向いている。

ルシールが回復呪文を唱えながらセージに走った。

しかし、神霊亀の攻撃の方が早く、業火が放射される。

『スケープゴート』を使っていたカイルにダメージが入った。

ルシールは業火に身を投じ、セージを守るために走る。

神霊亀の炎は一連の攻撃であるため『スケープゴート』がすぐに切れるわけではない。

しかし、神霊亀の炎は物理ダメージもある。そして、セージの防御力は低く、意識がないため防御行動をとっていない。

カイルのＨＰ減少速度は今までに見たことがないほど速かった。

回復呪文では対応できないと考えてHP回復薬を飲むが、それでも間に合わずHPが0になり『スケープゴート』がなくなる。

その瞬間、セージのHPが急速に減り始めた。

今度はジェイクの『フルヒール』が発動し、セージのHPが回復。

しかし、HPは減少し続ける。

急いで回復呪文を唱え、間に合わないかと思ったその時、セージのHP減少が止まった。

セージの前にルシールが立ち、盾を構えて業火を受け止めたからだ。

ルシールは自分に『フルヒール』を唱えて、業火の中を走り削れたHPを回復。そして、次の回復呪文を唱え始めた。

セージにもヤナからの『フルヒール』がかかる。

そのHP表示を見るが、ルシールには何かを考える余裕はない。

ただ守ることだけに集中する。

火炎が晴れると、神霊亀は間髪いれずに岩を飛ばした。

ルシールはセージに当たらないように弾いていく。今度はジェイクがルシールに回復魔法を使い、止めどなく減るHPを回復する。

攻撃が止《や》んだので神霊亀を見ると、ルシールとセージに向かってきていた。

セージはまだ目を覚まさない。

一瞬防御することが思い浮かんだが、防御より回避という言葉を思い出して、すぐにその考えを切り捨て、セージを抱え上げた。

いくらセージが軽いとはいえ、一人抱えると速度は落ちる。幸い突進ではないが、動きが変わった神霊亀の方が速い。

徐々に近づいてくる神霊亀。

セージがいなければ攻撃もできない。

いくら考えようとも危機を脱する案など出てくるはずもなく、必死に逃げ続けるしかなかった。

神霊亀が再び火炎を放つ。近距離で浴びる業火を盾で防いだ。

HPの損耗が激しく、動けないほどの衝撃がルシールを襲う。

「フルヒール」

ルシールは自分を回復し、何とか耐え切る。

火炎攻撃が終わったと思えば、目の前に神霊亀がいた。

神霊亀が攻撃動作に入った瞬間、HP0から回復したカイルが特技を発動する。

「スケープゴート！」

その間にもルシールはセージを抱えて逃げた。

しかし、すでに神霊亀の爪が迫っており、逃げ切れない。

当たる寸前に盾を突き出し横に飛ぶ。

その瞬間、体がバラバラに弾けたかと思うような衝撃がルシールを襲った。

なすすべなく吹き飛ばされるが、セージを抱え込むようにして守る。

ルシールが持っていたのは精霊の盾。

対魔法用ではあるが、ガルフによって鍛えられた防御力は世界最高。ルシールの防御力も高く、意識を失うことはなかった。

地面に転がりＨＰを確認すると、ルシールではなくカイルのＨＰが０になっている。

セージのことはルシールが守ると判断し、カイルはルシールに『スケープゴート』を使っていたのだ。

ルシールとセージは軽微なダメージで済んでいる。

ただ、ルシールは受けた衝撃により、逃げるどころか立つことさえ困難であった。

しかし、さらに神霊亀の攻撃は続く。

火炎を吐く動作が見え、ルシールはセージを抱えてうずくまり、全身を使い盾を構えて身を隠した。

業火に包み込まれながら衝撃に耐える。

逃げることすらできない状況で、この後どうすればいいのかと考えた時、火炎が止まった。

（なんだ？　何があった？）

まだ二秒ほどしか経っていない。まだ火炎は続くはずだった。

そう思って神霊亀を確認しようとした時、体を摑まれセージと引き離される。

「あ……！」

とっさに手を伸ばすルシールに声がかかる。

「ルシィ！　大丈夫！　任せて！」

ミュリエルの呼び掛けでルシールの狭まっていた視野が広がる。

ルシールを抱えているのはミュリエル。セージはマルコムに抱えられていた。

神霊亀の足元にはギルと騎士団の面々がいて、必死に攻撃している。

それによって火炎がキャンセルされていたのだ。

これはセージがダメージの蓄積を計算して、突進後に怯ませようと足への攻撃を止めていたからである。

「火炎が止まってよかったよ！」

「マルコムはびびってたからね！」

「だって、火炎に突っ込むとか無理でしょ！」

神霊亀は怯みから復帰し、ルシールたちを睨む。

騎士団たちは総攻撃を仕掛けているが、神霊亀が意に介した様子はない。

「これって逃げ切れる!?」

「わからないよ！　でも逃げるしかないじゃん！」

神霊亀が攻撃を仕掛けとようと足を踏み出し始める。

マルコムとミュリエルの速度は神霊亀より速いが、人を抱えては逃げ切れない。

そして、神霊亀の動きを察知して、ミュリエルは盾を構えた。

飛んできた岩をミュリエルが防ぐ。

マルコムはバフと回復をしながらミュリエルの陰に隠れた。マルコムでは岩も炎も防御できないため、支援に徹している。

「次、火炎来るよ！」

岩の飛来が終わってすぐ逃げようとするマルコムをミュリエルが止める。神霊亀はさらに連続で炎を吐く動作に移っていた。

ミュリエルが盾を構える。

しかし、炎は来ない。

「あれっ？」

ミュリエルが神霊亀を見ると炎を吐く動作を止めていた。

「マルコム！　逃げよう！」

切り替えたミュリエルが声をかけて走り出そうとした時、天まで届くような咆哮が響いた。

「グラァァアアアァァァァァ！」

しかし、三度目の咆哮には魂に響くような力強さはなかった。

ミュリエルとマルコムはすぐに走り出す。

その時、セージが目を覚ました。

「あれっ？　マルコムさん？　痛っ！　体が！　あっ、神霊亀は!?」

しかし、マルコムは呪文詠唱中で答えられない。

「んっ？　この感じ……終わった？　マルコムさんちょっと待って！　止まってください！」

騒ぐセージにマルコムは呪文を破棄して答える。

「見たらわかるでしょ！　騒がないで！　逃げてるの！」

「逃げちゃだめだ！　いや、冗談じゃなく！　もう大丈夫ですから！　戦いは終わりました！」

マルコムはセージの言葉に疑問符だらけだったが、戦いが終わった、だけは理解できた。

咆哮を終えた神霊亀は全員を無視して町とは反対方向に歩き出している。それを確認して、マルコムは立ち止まった。

「あれっ？　終わったの？」

「そうです。もう戦いは終わりましたよ。二分過ぎましたからね。そうだ、みんなにも伝えないと」

そう言ってセージは大きく息を吸って叫んだ。

「皆さーん！　神霊亀撃退成功でーす！　お疲れ様でしたー！　カイルさんのところに集まってくださーい！」

神霊亀の行動に警戒していた皆は、戦いの勝利宣言とは思えない号令に気が抜ける。

「セージ大丈夫か!?」

ミュリエルに支えられながら立ったルシールが心配して言った。

「体は痛いんですけど大丈夫ですよ。ルシィさんに魔法を使った辺りから記憶がなくて……あれっ？　ルシィさんこそ満身創痍《まんしんそうい》じゃないですか」

「これくらい何てことはない。セージは一度ＨＰ０になっているんだ。早く安静に……」

「あっ！　ちょっと待ってください！　神霊亀が逃げちゃいます！　マルコムさん！　神霊亀にス

ティールを使いますよ！」

セージが少しずつ離れていく神霊亀を見て、慌てて言った。

「本気なの？　スティールなんて使って大丈夫？」

「大丈夫ですから！　盗《と》らないとタダ働きになっちゃいますよ！　早くっ、痛っ！　ちょっと、立たせてください！　あれっ？　盾はどこやったっけ？」

受けた依頼は神霊亀の討伐である。今回は撃退しただけであり、成功報酬は支払われない可能性があった。

それに、神霊亀から盗めるアイテムは重要な物が含まれており、セージとしては見逃すことができない。

立たせてもらったり、盾を探したり、スティールを発動したり、慌ただしくするセージ。

心配したカイルたちは、セージのもとに集まってきていたが、そんな姿を見て呆《あき》れた目をした。

「まったく、相変わらずだな」

「でも、これこそセージだよねっ」

カイルの呟《つぶや》きにミュリエルが答える。

さらに、セージの指示によって皆で神霊亀の落としたアイテムがないかを探し、やっと満足したセージを連れてケルテットの町へ戻った。

こうして、神霊亀戦は締まらない終わりを迎えるのであった。

# エピローグ

ケルテットの町に着いた後、休息を取るかと思いきや忙しく過ごすことになった。

それは、勝利の宴を開くことになったからだ。

神霊亀《しんれいき》の撃退はハードな作戦だったものの、ちょうど一時間で終わっている。

ケルテットに戻ってきてもまだ昼過ぎであった。

そのため、昼は軽く済ませて、晩の宴に向けて動き出したのである。

なぜ昼から動き出すのかといえば、食料の問題があったからだ。

通常、宴といえば、町の酒場などで行われるが、今は酒場どころか、どの店も閉まっている。これは神霊亀が襲来していたので当然のことだ。

ただ、セージたちも神霊亀が迫っていたので急いでおり、食料はそれほど多く持ってきていない。

そうなると、森で食材を調達するしかなかった。

セージとルシールはしばらく安静にする必要があるが、他の者は体力的には問題ない。

ジェイクとマルコムが竈《かまど》や火の準備、その他のカイルパーティーとギル、騎士団が急いでホーンラビットやワイルドベアを狩りに行った。

そこで活躍したのは騎士団のメンバーである。領内のことなので土地勘があり、負い目を抱えていたこともあって、率先して必死に動いたのだ。

なんとか討伐と解体が間に合い、孤児院の敷地内で、勝利の宴、バーベキューが開催された。

「神霊亀撃退を祝って乾杯！」

ルシールの音頭に皆が「乾杯！」と声を上げる。

皆のコップに入っているのは酒、ではなくお茶だ。

流石《さすが》に短時間で酒を作ることはできないので仕方がない。

「ぷはーっ！　いいね！　でも酒があればもっと良かったんだけど」

「だよねー！」

そんなことを言っているマルコムとミュリエルに、肉を焼き始めたセージが割り込む。

「あれっ？　マルコムさんってお酒飲めるんですか？」

「当たり前だよ！　何歳だと思ってるの！」

「ええっと……」

憤慨するマルコムに対して、セージは自分の身長と比べるような仕草をする。

「身長と年齢は関係ないからね！」

「冗談ですよ。いつも飲んでないので飲めない体質なのかと」

「まったくもう。普段は飲まないけどさ。依頼もあるし。でもこういった大きな戦いの後はやっぱり飲みたくなるんだよ」

「だよね！　明日走って領都に行って飲もうよ！」

「明日!?　さすがに急すぎ！」

「ミュリ、無茶《むちゃ》を言うな」

本当に走っていきそうなミュリエルにカイルが突っ込んだ。

「えー、だってこんな戦いの後に飲めないなんて物足りないじゃん」

「ミュリは飲みすぎるからちょうどいいだろ」

ミュリエルが不満を言い、カイルが言い返す。

そんなやり取りを無視して、ヤナがセージに話しかけた。

「セージ。神霊亀が吐いていた火炎が魔法と物理両方の攻撃になるって話。その考察について……」

その内容はもちろん魔法のことだ。

戦いの前から気になってはいたのだが、流石に重要な戦いの前に魔法談義で時間を取るわけにはいかず、戦いの直後はしばらくセージが疲弊していたので我慢していたのである。

そんな中、ジェイクは我関せずとばかりに肉を焼いていた。

意外と火の扱いが上手《うま》く、肉が調達されている間に手際よく竈と調理に適した火を熾《おこ》したのだ。

肉を焼いているのはセージとジェイク、ギルの三人だ。

ギルはこういったバーベキューのようなものが好きらしく、自ら率先して焼きたがった。

「ジェイクもどんどん焼けよ。肉はまだまだあるんだからよ」

「その肉はじっくり焼いた方がいい。右側の火力を弱くしている」

「ん？　あぁなるほど、そのためにこうしてんのか。あっそういや、これ使うか？　塩の塊なんだけどよ、色が違うだろ？　こいつがな……」

ギルとジェイクは意外と気が合うようで仲が良さそうである。

騎士団の五人は、バーベキューが始まる前は魔物の調達と解体をしていて、最初の乾杯の後からはルシールから順番に謝って回っていた。

本当は戦うためではなくルシールを連れ戻すために参加していたこと、同じ前衛の三名、特にマルコムに迷惑をかけたことなどについてである。

マルコムは文句を言いたいところだったが、反省の色を示す騎士たちを責めるのも憚《はばか》られて、結局「今日の出来事、感じた想《おも》い、この先も忘れないように」とたしなめる程度に収めた。

そして、五人はセージのところにも来ていた。

直接言葉には出していなかったが、セージに対して不満そうにしていたことを、マルコムから指摘されたのだ。

「まぁ、特に気にしていませんから。それより、ほらちょうど焼き上がっていますよ。この辺全部いけます。早く食べましょ。って、あれ？　お皿は？　早く持ってきて！」

謝られてもセージは何とも思っていなかったので、肉の食べ頃の方が大事だった。

「おい、セージも食べているのか？　焼いてばかりいないで食べるんだぞ」

そう声をかけるのはルシールだ。

「実は意外と食べているんですよ？　孤児院の子たちとこうやって食べることもありましたから、慣れているんです」

「本当か？　疲れたら交替するんだぞ」

「わかってますって。そうだ、ルシィさんも焼いてみます？」

そのセージの言葉にルシールはすんなりと頷《うなず》く。

「そうだな。挑戦してみようか」

「おっ、いいですね。どうぞどうぞ」

セージはにっこりと微笑《ほほえ》みながら道具などを渡す。

ルシールは渡されたトングを手に取り、網に肉をのせた。

その瞬間、じゅわっという音と共に炎が上がる。

「っ！」

驚きに一瞬目が丸くなったルシールを見てセージがニンマリと笑った。

「それは脂が多い部分ですね」

「先に言ってくれ」

「何事も経験が大事ですから。あっ、ほら、早くあれを裏返してください。それはこっちに避《よ》けて、焦げちゃいますよ」

こうして時間は過ぎていき、肉はほとんど食べ切って、少しずつ片付けに入る。

騎士団の面々が率先して片付けをするので手が空いたセージは、少し離れたところに座っているルシールの隣に座った。

「ルシィさん。改めて今日はありがとうございました。ルシィさんがいなかったら死んでいたと思います」

そう言いながら隣に座るセージ。

セージは神霊亀の攻撃を受けてからの記憶がなかったが、皆から戦いの後に気を失っている間のことを聞いていた。

全員がセージを助けるために動いたが、真っ先にセージを助けに走ったのはルシールだ。

そして、倒れたセージを守り続けた。

まさかそんなことになっていたとは思わず、改めてルシールに感謝したのである。

ルシールはそんなセージをちらりと見て、視線を前に戻した。

「助けられたのは私の方だ。セージがいなければ私が死んでいただろう。守るつもりが守られてしまった」

「そんなことありませんよ。ルシィさんが前で守っていてくれたからこそ、後ろで魔法に集中できたんですから。最後の突進は僕の想定外というか、読みの甘さのせいですし」

「魔物との戦いで想定外など当然のことだ。どんな状況になろうと、私がセージを守り切れなかったことに変わりはない。あの時、一瞬、気が抜けたんだ」

ルシールは自分の手を見つめる。

その手は微《かす》かに震えていた。

神霊亀の突進を何とか避け切ったと思った瞬間のこと。

セージが吹き飛ばされた光景が、鮮明に思い出される。

守るべき者を失う恐怖が焼き付いていた。

「それは仕方ありません。あれは知らないと避けられませんから」

それが当然だというように答えるセージに、ルシールは自分には強さも経験も足りないと感じる。

「私は勇者になって自分の力を過信していたようだ。私一人でも神霊亀と戦うと意気込んでいたが、対峙《たいじ》してわかった。私一人では町を守るどころか、神霊亀の歩みを止めることさえ敵《かな》わなかっただろう」

ルシールはセージに視線を合わせる。

「町を守ってくれてありがとう」

セージはそのまっすぐな瞳を見返した。

「こちらこそです。故郷の町を一緒に守ってくれてありがとうございます。次こそは想定外の失敗なんて起こさないよう、しっかり倒し切ってみませますから」

「あぁ、私も次こそは、必ず守り切ってみせるからな」

セージはそこでふと思い付いたように小指を立ててルシールに向けた。

「じゃあ約束ですね」

「それはいいが……その小指はなんだ？」

ルシールは急に向けられたセージの指を見つめて首をかしげる。

「指切りげんまん知りませんか？」

「聞いたことがないな」

「じゃあやってみましょうか。ルシィさんも同じように指を出してください」

「……こうか？」

ルシールが戸惑いながらも同じように小指を向けると、セージが指を絡ませる。

その行為にルシールは固まった。

「はい、それでは。指切りげんまん、嘘《うそ》ついたら針千本のーます、指切った」

歌い終わると同時に、パッと離れる指と指。

ルシールはそれを見ながら、しばし呆然《ぼうぜん》としていたが、ふと我に返る。

「ちょっと待て。なんだその不穏な歌は」

「子供が約束する時によくやるんですよ」

「子供が？　聞いたことはないが、どういう意味なんだ？」

その質問にセージは「えっと……」と思い出すようにして答える。

「指を切って約束するから、破ったら拳骨《げんこつ》で万回殴り、さらに針を千本呑ませるっていう意味ですかね？」

ルシールはそれを聞いてセージに疑わしそうな目を向ける。

「何なんだその恐ろしい歌は。本当に子供が歌っていたのか？」

ルシールの言葉にセージは少し笑いながら答える。

「本当にするわけじゃありませんからね。それくらいの気持ちで約束するってことですよ」

「まぁいい。約束を破る気もないからな。次に神霊亀が動き出すまでには誰にも負けないほどに強

くなろう」

「そうですね。ただ、神霊亀よりも魔王の方が復活が早そうですね。あと数年後でしょうし」

またしても出てきた魔王の話にルシールは驚く。

「そうなのか？　どうしてそんなことがわかる？」

「それは……秘密です。確証はないですし」

「いや、セージが言うならそうなのだろう。神霊亀にやられている場合ではなかったな。早く強くならないと」

「まぁ、神霊亀より魔王の方が弱いですけど」

「えっ？　そうなのか？」

「何をもって強いとするかにもよりますが、神霊亀を倒す方が難しいでしょうね」

「まったく、どうしてそんなことがわかるんだ」

それには答えず、悪戯《いたずら》っぽい笑みを向けるセージに、ルシールは仕方ないなといったように小さくため息をついて答える。

「まぁ……どんな相手であろうと、守り切ることに変わりはない」

「さすが、ルシィさんです。僕も早く強くならないといけませんね」

そんなセージに微笑み、そして、真剣な眼差《まなざ》しを向ける。

「必ず、強くなる」

ルシールは覚悟を込めて、そう呟《つぶや》くのであった。

番外編

# セージとルシールの鍛錬

王都で入学試験を受ける一か月ほど前のこと。

セージはラングドン家で騎士たちに混ざって訓練をしていた。

そして、今は訓練場の端で休憩している。

騎士たちは五対五の模擬戦をしており、先ほどまでセージもそこに加わっていた。

訓練はＨＰが二割を切ったら戦闘不能を申告することが基本だ。

ＨＰが０になるまでは戦わないため、怪我《けが》をすることはない。

セージが怪我をしてしまったのは、無茶《むちゃ》をしたからである。

今までは途中でお茶を飲んで疲労回復しつつ訓練に参加していたが、限界まで耐えた方が鍛えられるのではないかと考えたのだ。

それは間違いではないのだが、セージの場合は防御力、ＨＰ、そして体力も騎士たちに比べるとかなり低い。

お茶休憩をとらずに訓練を続け、相手の剣を避けようとした時に、疲労から足の力が抜けてしまった。

そして、ちょうど首に直撃を受けて、三割は残っていたＨＰが０まで削られたのである。

しかし、訓練中に掠《かす》り傷《きず》ではあるが怪我をして、外されてしまったのである。

セージは失敗したなと思う程度だったのだが、セージよりも研究所長を怪我させてしまった騎士の方が慌てて大騒ぎになった。

HPの加護により怪我などはなかなかしない世界である。

衝撃で転げて擦り傷を負っただけだといっても心配され、セージはしばらく見学させられることになったのだ。

そんなセージの隣に、そっとルシールが座った。

「無茶をしたな」

「そうですね。いやぁ失敗しま……ルシール様！　戻ってたんですか！　というか、髪切ったんですね！」

隣を見て驚くセージに、にやりとルシールが笑う。

ルシールとはドラルで別れてから約二か月ぶりだった。

「ああ、さっき着いたばかりだ。よく髪を切ったことに気づいたな」

「いやいや、それは誰でも気づきますよ」

以前のルシールは肩を過ぎたくらいの髪をポニーテールにしていたが、今は肩上のボブカットになっており、結ぶような長さではない。

セージはそのあたり鈍い方ではあるが、さすがに一目でわかる変化だ。

「総長へ報告に行く時何人かに会ったが、母からしか何も言われなかったぞ」

「あれ？　そこまで切ったら印象が全然違いますけどね」

「……それなら、気をつかわれていたのかもしれんな。貴族令嬢が髪を短くするなんていいものではない」

「そうなんですか？　でも、似合ってますよ？」

その言葉にルシールはきょとんとしたあと、視線を外して短くなった髪を触った。

「そうか。まぁ、その、それならよかった」

「それで、早速訓練に来たんですか？」

訓練するのが当然といった顔で問いかけるセージに、ルシールがじとっとした目を向ける。

「おい、さっき着いたばかりだと言っただろ。私のことをなんだと思っている」

「えっ？　訓練じゃないんですか？」

セージはわざとらしく驚いた表情をした。

こんな風に訓練好きをネタにしてくるのはセージくらいなのだが、悪い気はしない。

それでもルシールは一つため息をついてから答える。

「セージがここにいると聞いて来たんだ。伝えることがあったからな」

「僕に伝えることですか？」

「カテ峡谷にあった薬草の群生地の山側に珍しい素材があっただろ？　木の根元にあった茸《きのこ》だ」

それは神煌虎《しんこうこ》から逃げている時に、たまたま見つけた茸である。

セージはそれが欲しいとルシールを通して村長に頼んでいたのだ。

ただ、茸を採取するよりもカテ峡谷の吊《つ》り橋《ばし》を修理することが先で、さらにルシールが村を離れていたこともあり遅くなっていた。

「マシマシ茸のことですね？」

「マシマシ茸？　あれはそんな名前だったのか」

「変わった名前ですよね。けど、いろいろな調合に使える良い素材なんです。それで、採取してくれそうですか？　群生地とかあったりします？」

「群生地は見つかっていない。頼めば採取してくれるが、なかなか見つけるのが大変らしいな」

「そうですか。まぁそれは仕方ないですね」

セージは特に残念がることもなく頷《うなず》く。

マシマシ茸は単体だと何の効果もないが、多くの調合レシピに加えるだけで一ランク上の効果になるという優れた素材である。

ゲームでも非売品で、特定の場所に採取しにいき、一つしか手に入らない代物だった。

なので、もともと群生地はないだろうと考えていたのである。

「それに、道から外れて探索する必要がある。村人には危険だな」

「魔物がいますからね」

「そうだな。それに……」

そこでルシールは小難しい表情で言《い》い淀《よど》み、セージは「何か問題があったんですか？」と問いかける。

「そもそも村で育てているらしいぞ。別に採りに行かなくても——」

「育てているんですか!?」

勢い込んで言うセージに、ルシールは予想通りだと思いながら、ふふっと笑った。

「あぁ、結構美味《おい》しいらしいな。煮ると良い出汁《だし》がとれるようだ」

「いや、それは良いんですけど、まさか育てられるとは思いませんでした。村で茸の栽培をしている様子はなかったんですけど」

「芋の改良をした村長がいただろ？　その村長が茸を次の特産物にしようと家の裏で栽培を始めていたらしいな。手間がかかるし、まだ量は多くないから道楽のようなものだと言っていたが」

「それでも十分ですよ。村長有能じゃないですか。他のものの栽培も頼めませんかね？　とりあえずは、収穫物を購入できるんですか？」

「あぁ、必要であれば収穫でき次第納品するとのことだ」

「さっそく頼んできます！」

「もう頼んであるぞ。しばらくしたら届くはずだ」

立ち上がりかけたセージをルシールが留《とど》める。

セージならそう言うだろうと考えて、先に手配していたのだ。

「さすがですね。ありがとうございます。それで帰ってくるのに結構時間がかかっていたんですか？」

「いや、それはすぐに話がまとまったから関係ない」

「じゃあランク上げですね？」

キラリと光るセージの目に、ルシールは呆《あき》れたような目を合わせる。

「まったく。ランク上げのことしか頭にないのか」

「マスターが近づいていたところでしたからね。ランクを上げたくなるかと思いまして」

「まぁ、その気持ちもあったし、ランク上げにもなったんだが、きっかけは違うぞ。魔物の対応に困っている村の話を聞いてな。そこで、依頼を受けていたら遅くなったんだ」

吊り橋の修繕が着々と進んで完成に向かっていた時、ドラル南の村から魔物が急増して助けてほしいという依頼があった。

村のすぐ近くで採取している者が襲われたなど、普段魔物が現れないところまで来ているとのことである。

その青年は村長の息子で、討伐依頼を出すために大きな町まで走っているところだった。

出現する魔物はレベル的に格下で、ランクに影響しないとわかっていたが、そんな窮状を聞いて放っておくことはできない。

迷いなくその依頼を受けて南へ向かい、魔物を減らすと共に、原因となったボスを討伐した。

そして、ボスのいた場所のさらに奥地にルシールのランク上げに適した魔物がおり、ついでに討伐していたのである。

「ルシール様らしいですね」

「セージも頑張っていたようだな。ランク上げや研究だけでなく訓練にもずっと参加しているらしいじゃないか」

「戦闘訓練ができる機会は貴重ですから。少しは剣でも戦えるようになりたいですしね」

「それなら私が稽古をつけてやろう」

「いいんですか？」

「約束していただろう？　初めて会った日にな」

それはセージがこちらの世界に来てすぐ、スライムから助けてもらった時のことだ。

ルシールはセージがしっかり訓練を続けていたら指導すると言っていた。

「覚えていたんですね」

「当然だ。もう準備はできているな？」

「はい！」

「じゃあ一対一の模擬戦にしよう。パーティーを組むぞ」

パーティーを組むのは訓練で相手のＨＰを０にしないようにするためだ。

二人は訓練用の剣と盾を持ち、数歩離れて向かい合う。

「いつでもいい。まずは剣のみで攻撃してこい」

「お願いします！」

セージはさっと構えるとじりじりと間合いを測り、一歩踏み出して剣を振るった。

その時にはルシールの剣が迫っている。

セージは盾を構えて、攻撃の手を止めない。

しかし、セージの攻撃は防がれ、ルシールの攻撃は盾を掻《か》い潜《くぐ》り直撃する。

力は加減されているが、レベル差もあり衝撃は大きい。

「盾の位置に気を付けろ！　視界が遮られているぞ！」

セージはさらにフェイントを入れつつ二撃三撃と攻撃を仕掛けるが、ことごとく受け流されて軽い反撃を受けた。

さらに動きを予測して攻撃しようとしたら、逆にその隙をつかれる。

慌てて盾に身を隠して下がったが、追撃が直撃した。

「動きを読み間違えても焦るな！　そういう時こそ型が活《い》きる！」

型とはラングドン流剣術の型のことだ。騎士団に入った者は必ず学ぶ剣術である。

それは一撃必殺の技などではない。

剣で戦う基礎になる動きが凝縮されている剣術。

それは対人だけでなく、様々な種類の魔物相手にも考えられているものだ。

時には考えるより先に反射で動かなければならない瞬間がくる。

そういった時にも、体に染み付いた型が活きてくるのだ。

「盾を怖がるな！　上体を反らさずに足を使え！」

盾での攻撃を体を反らして避け、バランスを崩したセージに指導が入る。

ルシールは徐々に攻撃に転じていた。

「相手の攻撃を制御するんだ！　魔法を使う隙を作れ！」

セージの基本は魔法使いである。近接戦闘の中に魔法を取り入れることは必須の技術だ。

今は魔法を使わずに戦っているが、実際には魔法を使いながら戦うことになる。

そして、相手は魔法を使わせないように攻撃してくるだろう。

それに対処する必要がある。

こうして、セージが疲労で転げるまで稽古は続くのであった。

＊　＊　＊　＊　＊

「なかなかやるじゃないか」

「そうですか？　ルシール様に全く当たる気がしませんでしたけど」

セージはそう答えながら、ゆるゆると自分で用意したお茶を飲み、疲労回復に務める。

セージの攻撃は避けられ、弾かれ、受け流され、結局一撃もルシールに直撃することはなかった。

「体格もステータスも私の方が上だ。それに私は力がないからこそ技術を磨いてきた。そう簡単にやられるわけないだろう？」

「それはわかっているんですが、もう少し戦えるようになっているかと思っていたんですよね」

「だが、以前見た時よりかなり成長している。着実に強くなっているぞ」

「それなら良いんですけどね。ルシールさんに勝てる未来が見えません」

「セージはこれから成長する。あと五年も経《た》たないうちに、体格もステータスも私を超えるだろう。魔法の力はすでに超えられているしな」

「ルシール様は勇者になりますし、ゆくゆくは同じようなステータスになるかもしれませんよ。まぁ、もしステータスで上回っていたとしても勝てる気はしませんけど」

「そうそう負ける気はないが、ステータスの差は大きい。いつかは追い抜かれる日が来るだろうな」

「そうですか？　ステータスに頼っていては強くなれない、鍛錬こそが強くなる秘訣《ひけつ》だって教わりましたよ？」

ルシールはそれに反論しようとして、ハッと気づいた。

その言葉はセージと初めて会った日にルシール自身が言ったことだ。

当時のルシールは本当に鍛錬こそが強さになると思っていた。同じ職業とレベルであれば実際にそうだろう。

ただ、今はステータスの差が非常に大きなものだと知っている。

ルシールは貴族令嬢の中であれば圧倒的に鍛えられているが、屈強な騎士と比べるとやはりＳＴＲなど力の部分で劣ってしまう。

学園に入学したばかりの頃、ルシールはトップクラスの実力で、さらに誰よりも実技に力を入れたが、卒業する頃にはトップになるどころか体格差から数人に追い抜かれていた。

訓練の重要性はわかっているものの、どこかでステータスが高い方が絶対的に有利だという考えになっていたことにルシールは気づく。

「どうしました？」

少し驚いた表情で固まっていたルシールをセージが不思議そうに見ていた。

「いや、何もない。私もまだまだ鍛練が必要だと思っただけだ。よし！　休憩は終わりにするぞ！」

ルシールは気弱な自分を振り払うように勢い良く立ち上がる。

「はい！」

「今度は特技、魔法全てありだ。開始時も少し距離を取る。全力で来い。私も全力を尽くす」

そして、再びルシールとセージの戦いが始まる。

セージが王都に行くまでの間、訓練場では二人の姿がよく見られるのであった。

MFブックス

# すべてはこの世界を楽しむために 元やりこみゲーマーは英雄の育て方を知り尽くしている 2

2023年1月25日　初版第一刷発行

著者　出井啓
発行者　山下直久
発行　株式会社KADOKAWA
〒102-8177　東京都千代田区富士見2-13-3
0570-002-301（ナビダイヤル）
印刷・製本　株式会社広済堂ネクスト
ISBN 978-4-04-682019-8 C0093
©Idei Kei 2023
Printed in JAPAN

●本書の無断複製（コピー、スキャン、デジタル化等）並びに無断複製物の譲渡及び配信は、著作権法上での例外を除き禁じられています。また、本書を代行業者等の第三者に依頼して複製する行為は、たとえ個人や家庭内の利用であっても一切認められておりません。
●定価はカバーに表示してあります。
●お問い合わせ
https://www.kadokawa.co.jp/（「お問い合わせ」へお進みください）
※内容によっては、お答えできない場合があります。
※サポートは日本国内のみとさせていただきます。
※ Japanese text only

担当編集　森谷行海
ブックデザイン　アオキテツヤ（ムシカゴグラフィクス）
デザインフォーマット　ragtime
イラスト　カラスロ

本シリーズは「カクヨム」（https://kakuyomu.jp/）初出の作品を加筆の上書籍化したものです。
この作品はフィクションです。実在の人物・団体・事件・地名・名称等とは一切関係ありません。

## ファンレター、作品のご感想をお待ちしています

宛先
〒102-0071　東京都千代田区富士見2-13-12
株式会社KADOKAWA　MFブックス編集部気付
「出井啓先生」係「カラスロ先生」係

二次元コードまたはURLをご利用の上
右記のパスワードを入力してアンケートにご協力ください。

https://kdq.jp/mfb
パスワード
jyx3c

● PC・スマートフォンにも対応しております（一部対応していない機種もございます）。
●アンケートにご協力頂きますと、作者書き下ろしの「こぼれ話」がWEBで読めます。
●サイトにアクセスする際や、登録・メール送信時にかかる通信費はご負担ください。
● 2023年1月時点の情報です。やむを得ない事情により公開を中断・終了する場合があります。